U0082614

我被踢出勇者隊伍而回到老家，但隊員們竟然全都跟了過來

Yuusha Party wo KUBI ni natta node Kokyou ni Kaettara, MEMBER ZENIN ga TSUITEKITA n daga

1

木の芽 |插畫| 希

Kadokawa Fantastic Novels

Life 1.1 為了彼此的幸福而驅逐

「吉恩……我們與你的旅途就到此為止了。我以「勇者」蕾琪・阿里亞斯的名義，將你逐出隊伍。」

我的青梅竹馬那如女高音般的清澈嗓音，響徹在寂靜的房間中。

坐在她兩側的兩位似乎也沒有異議，只是一味靜觀著。

優莉、琉希卡……

她們兩位跟我一樣，都是支持蕾琪至今的夥伴。

既然連她們都沒有反對，就代表這件事情早已定案。

不過我也覺得自己是時候該隱退了，所以沒有提出任何異議。

「……我知道了。謝謝妳們三個至今的照顧。」

得到「勇者」加護的蕾琪，與擁有「早熟」加護的我，兩人一起從小小的村落踏上旅程。

在那之後，「聖女」優莉與「賢者」琉希卡成為我們的夥伴，一路走來打倒了眾多魔王

琉希卡

賢者。是隊伍裡的
大姊姊，但其實
有愛撒嬌的一面。

SAGE

「我可沒有……
像吉恩先生以為的
那麼乖巧。
只要能讓吉恩先生
選擇我……」

優莉

聖女。愛耍小心機。

常常捉弄吉恩，

並以此為樂。

「吉恩，為什麼
你現在都不跟我
一起睡了？
明明在旅行途中，
你還願意躺在我旁邊……」

蕾琪

勇者。最喜歡

「坐在吉恩大腿上，

讓他編頭髮」的時光。

我被踢出勇者隊伍而回到老家，
但隊員們竟然全都
跟了過來
Kadokawa Fantastic Novels

「你到底在說什麼？
……就是你才好啊。」

CONTENTS

軍的幹部。

起初因為加護的特性，我活躍的場面比較多。但是隨著戰況日益嚴峻，我拖團隊後腿的次數隨之增加。

我對她們的判斷一點怨懟也沒有。

因為我遲遲無法下定決心主動離開隊伍，倒不如說是她們拯救了我，我甚至很感謝她們。

「吉恩先生，您的信念會由我們繼承下去的。」

優莉緊緊握住我的右手說道。

她的溫柔多次幫助了我。

「我們都認為你是最棒的夥伴，無論過去還是未來。這就是我的證明。」

琉希卡將自己配戴著的首飾塞進我的手中。

那是精靈族的護身符，也是她最珍視的寶物。

沒想到她會把這麼重要的物品交給我……

「我……我也是。能夠跟妳們兩個一起旅行，我真的很幸運……！」

我強忍著將要奪眶而出的淚水，再一次望向前方。

因為最後，我還想和三人之中，與我交情最長久的青梅竹馬交談。

「吉恩……你還記得那個約定嗎？」

約定……是指在我們要踏出旅途時，我跟王國的神官訂下的契約吧——「要是你成為累贅，就自己脫離隊伍。」

不過是一介村民的我，能夠成為「勇者」的夥伴，已經是前所未有的事情了。

現在回想起來，真虧國家能允許我的加入呢。

「嗯，當然記得。」

「這樣呀……那就好。」

蕾琪彷彿鬆了口氣一般，露出微笑。

她應該是在擔心我是否對這次的決定有所不滿吧。

我輕輕摸了摸蕾琪金色的頭髮。

「沒問題的，蕾琪妳們絕對能夠贏得勝利。」

「嗯，我沒有在擔心那個。你在這裡等我，等我打倒魔王以後就會來接你。」

「哈哈，謝啦。」

蕾琪有點搔癢似的瞇起了眼。

……這也是我最後一次，能在這麼近的距離看著她的臉龐了。

雖然她說會來迎接我，但那應該不可能實現了吧。

打倒魔王之後她們終將成為英雄，會爬到我這種小腳色無法觸及的地位。
就連再次像從前那樣與這三個人聊天，也會變得極其困難。
無法在她們身邊戰到最後的事實，讓我非常懊惱。
無法與她們一同分享喜悅這件事，讓我深感落寞。
「那我就先回房間了喔，畢竟我還得整理行李嘛。」
要是在這裡待太久，會讓我捨不得走。
趁著這份決心仍未動搖，趕緊離開她們身邊吧。
「真的很感謝妳們，願榮耀歸於妳們三位。」
我揮別依依不捨的心情，面露無力的笑容如此說道，並關上房門。

◇◇◇◇◇

吉恩離去後，優莉與琉希卡也走出房間。
兩人的表情都有些哀傷。
我自己也是一樣的心情。
吉恩從以前就一直是支持著我的英雄。

「勇者」的加護，會使強大的力量寄宿在該人身上，以解除所有能力的極限值（限制器）。

過去無法抑制這份力量的我被視作特異分子，給予我溫柔的人，毫無疑問就是吉恩。

『我一直都是蕾琪的同伴。』

『……真的？一直都會是？』

『當然啊！因為妳對我來說，是重要的家人呀。』

『那打倒魔王後……你就跟我結婚吧？』

『哈哈，要是蕾琪能一直喜歡我到那時候，可以啊。』

『……絕對會的。我們約好嘍。』

這是我自五歲以來的寶貝回憶。

吉恩說他記得這個約定。

我會一直當個勇者。不是為了那些知道我是「勇者」的當下，立刻翻臉不認人的傢伙們。

而是為了跟吉恩過上幸福的婚姻生活。對此，會威脅到和平的魔王實在過於礙事。

所幸出乎意料的是，吉恩也有得到女神加護，所以我們才能夠一起旅行，真是一石二鳥。

但是與他的旅途勢必得暫且停止。

據說魔王很強大，吉恩要是有什麼三長兩短就糟糕了。

我的最終目標是跟吉恩結婚，小孩要生十個左右，一起過上幸福的生活。

因此要讓吉恩離開一陣子。

魔王應該只需要一天就打得贏了吧。

現在的我精力充沛，這點程度易如反掌。

擊敗魔王後就結婚。擊敗魔王後就結婚……

想到這裡，我的呼吸自然而然地就會開始紊亂起來。

「該去買件婚紗了。」

我想迎合吉恩所有的喜好。

擊倒魔王回去以後，就跟吉恩去逛街吧。

久違地兩個人一起去。

雖然我不討厭優莉跟琉希卡，可是跟剛開始旅行比起來，我跟吉恩獨處的時間減少了很多。

果然還是會有點孤單。

「吉恩……我愛你。」

我熄掉燈火，橫臥到床上。

夢想著幸福的未來，進入夢鄉。

◇◇◇◇◇

——以上，我猜蕾琪她應該在幻想這些可愛的計畫吧。

我們是旅途的夥伴，也互為情敵，那個依舊是個小女孩的勇者在想些什麼，我輕輕鬆鬆就能識破了。

以前明明一直黏在吉恩先生身邊，卻在面對魔王的前一刻，突然提議要把他逐出隊伍，當下我還以為那個蕾琪是冒牌貨呢。可是站在她的立場思考，馬上就能理解了。

不讓此生摯愛死去的最佳方法，就是不讓他參與面對魔王的戰役。

雖然很對不起吉恩先生，但不管他是否在場，就戰力上來說，對我們三人都沒什麼影響。

倒不如說，他確確實實地活著的事實，才能帶給我們精神上的安定。

有可能使我們勇者小隊戰敗的，就只有「因為他的死造成的動搖」而已。

蕾琪應該打算明天就解決魔王，然後跟吉恩先生告白吧。

我可不會讓她得逞。

「蕾琪，對不起。」

我跟妳雖然是朋友，但只有這點不能退讓。

因為得到了「聖女」這個加護，我被當成女神轉世，受到眾人崇拜敬仰。能夠理解我的痛苦的，吉恩先生還是第一位。

自年幼時期開始，我每天每日治療觸目驚心的傷口。

持續聽著不曾謀面的人們的苦惱。

當然一刻也不被允許去玩樂。所以我永遠都忘懷不了，他對扼殺情感的我，傾注心意的那一幕

『優莉，能讓我聽聽妳的故事嗎？開心的事也好……心酸的事情也罷，什麼都能說哦。』

『為什麼……您會想聽我的故事？』

『因為我們把優莉當成女神一樣地對妳祈願，妳卻沒有人可以依靠。我覺得這種事很不合理……』

『————』

『如果妳能接受我，希望妳能依靠我。在優莉心力憔悴的時候、灰心喪志的時候，我想在身邊支持妳。』

『……這種事……真的能被允許嗎？』

『倘若有人不同意，我就揍他一頓。因為我並不是想成為「聖女」大人的助力，而是優莉的啊。』

……呵呵，吉恩先生是個非常溫柔的人。

既然他用如此熱情的話語與眼神對我訴說，我冰冷至極的內心當然會因此融化嘍。

「他說『我想在妳的身邊支持妳』……！哼哼……呵呵呵……！」

這毋庸置疑，就是求婚了吧。

那時候我哭了出來，因此沒有回答他。但是最佳時機終於到來了。

走出房間時，他那落寞的眼神。

想必是覺得自己被甩了而傷心難過吧。

吉恩先生，請您放心。

我不會捨棄您的。

從現在開始，優莉我會用盡一切力量治癒您！

處女是「聖女」不可或缺的要素？那是什麼道理呀？

如果不是處女就不能當「聖女」，那我就不作「聖女」了。

畢竟我此時此刻，就要跟吉恩先生度過激情的初夜了嘛。

況且這也是為了其他兩人好。

一旦討伐魔王以後，勢必就無法像現在這樣見面了吧。

然而只要我懷孕，吉恩先生就會升格為「聖女」的夫婿，如此一來，國家也無法對他不屑一顧。

這樣蕾琪她們要見他也會容易許多。

雖然到時候他就是我的丈夫了，不過還是比見不到面要好多了不是嗎？

「蕾琪要是睡著了就不太會醒來。琉希卡是很正經的人，應該在為明天做準備吧？」

趁這個時候，我要執行「跟吉恩先生跨越那一線」的作戰……！

真是完美的計畫，我怎麼那麼厲害呀？

「那麼就來淨身，然後去他房間吧。」

我以——與最終決戰前夜八竿子打不著的——愉快心情，邁步走向淋浴間。

◇◇◇◇◇

分配給吉恩先生的房間，宛如蟬殼般空無一人。

床上放著一封信。

『他就由我收下了，所以魔王就拜託你們去打倒吧。琉希卡留』

「哼哼……哼哼呵呵呵……」

……那個精靈老太婆……！

我把信紙撕破，連忙奔赴蕾琪的房間，去把睡夢中的她挖起來。

◇◇◇◇

蓊鬱的木葉，使月光無法灑入林間。在那森林之中，出現了一道魔法陣。

刺眼的光芒乍現，我們眼前的景色頓時改變。

轉移魔法——這是「賢者」才會使用的古代失傳祕術。我與吉恩使用了這個魔法，從旅人小屋移動到他所指定的地點。

「琉希卡，妳還真的來送我一程，這樣沒問題嗎？」

「嗯，無妨。我跟你是莫逆之友，這點程度不足掛齒。」

「這樣啊。琉希卡果然人很好耶，謝謝妳。」

吉恩說著，背起綑好的行囊，背向我踏出步履。

他邁步而出的瞬間，我面露了不檢點的笑容。

啊～……還差一點。還差一點，這位堅強又溫柔的少年，就會成為我的丈夫了。

蕾琪跟優莉太天真了。特別是優莉，她應該以為自己贏了吧。

現在她想必已經看到我留在房間裡的信，然後慌慌張張地出發前去攻克魔王了才對。

琉希卡・艾爾・莉絲蒂亞。生為精靈，現年二八××歲。

換算成人類的年齡是二十八歲……無論作為精靈還是人類，我都已經步入「晚婚」的行列。

一般來說，人們會在十五歲——精靈會在一千五百歲——時結婚。但是在這個社會風氣下，我卻埋首於研究之中，對婚姻一點興趣也沒有。

然而周圍的人們一個接一個成立家庭，每當我被招待參加結婚典禮，就會開始感到寂寞。

學生時期的友人們接連結婚，我多次被迫看著他們幸福的笑容。

一起料理三餐，孩子出生後一起去買新家，全家出門旅行共創家庭回憶……

他們會像那樣，構築一個溫暖的家庭吧。

受邀參加完婚禮踏上歸途的我，總是在想像那些畫面。而等著我的，卻是昏暗的玄關。

自己的一聲「我回來了」得不到回應，徒有空虛。

累積如山的垃圾袋，袋袋鼓鼓囊囊。

研究資料四散各處，不只是辦公室，連客廳都散亂一地。

『唉，好累。』

我也曾勉為其難地懇求父母幫忙，卻為時已晚。

即使擁有「賢者」加護，也不會有男人想要這種上了年紀的處女吧。

不對，或許正是因為我是「賢者」，才被敬而遠之也不一定。

相較於年齡，我的容貌看起來很年輕，但所有的精靈都一樣。

以至於我連參加相親的機會都沒有。不過幸好我選擇加入「勇者」蕾琪等人的旅途。

然而在眾多的男人之中，唯有吉恩不一樣。

當在旅途中，我把自己的「晚婚」當成笑話娛樂大家時，只有他對我微笑，如此說道：

『是嗎？我覺得像琉希卡一樣體貼的女生很棒呀。妳一定能成為一位好妻子的。』

『……那……我真的沒人要的時候，就讓吉恩收下我好了。』

『哈哈哈，要是可以，我很樂意哦。』

這不是絕對會愛上他嗎……！

不僅如此——

『琉希卡做的飯真的好好吃喔，能當妳老公的傢伙真幸福啊。』

『妳問我喜歡什麼樣的女生？我想想看喔……我可能比較喜歡年紀比我大的吧。』

『琉希卡一直都很可靠耶，謝謝妳的幫助。』

這只能跟他結婚了吧？

我已經這麼決定了。

這次是我跟吉恩獨處最佳的時機。

我向吉恩提出邀約，使用轉移魔法把他送回故鄉。然後我要去見吉恩的父母。

就這樣按部就班，一起睡覺，傾訴愛意，然後迎來幸福的結局……！

完美。我的智慧真是可怕。

「琉希卡？」

「……啊，沒事沒事。走吧，我們去你的老家吧。」

「老家？嗯，說的也是。我要跟老爸老媽炫耀一下（我可靠的夥伴）才行。」

「要見父母了……交給我吧。見面禮儀我全都學過一輪了。」

「妳時間來得及嗎？」

「明天早上再回去就好，回程用魔法只要一瞬間嘛。我想在決戰之前跟你深入交流一下，這樣不行嗎？」

「……不會，我很高興。老實說，我也對自己的無能感到有些沮喪。」

「這樣啊……那讓我來安慰你吧。」

用一個晚上，慢～慢地安慰你……！

為了這個時刻，我讀遍了大量參考文獻。

為使我們兩個都能得到歡愉，我儲備了很多知識。

我將手放在吉恩的肩上，試圖讓他放心。

「能請你帶路嗎？」

帶我前往將成為我第二個故鄉的地方。

◇◇◇◇◇

「那邊就是我家了。」

走出森林，視野隨之開闊。

映入眼簾的是圍繞村落的木製柵欄（那是最起碼的防範對策），以及四處座落的老舊民房。

我的父母身為村長支撐著這個村落，村落的最深處就是我的老家。

「就是那棟呀。就連我都緊張起來了呢。」

琉希卡整理好服裝儀容。

「不用太在意啦，我的父母個性其實相當隨興。」

「那可不行。『初次見面』一輩子可是只有一次呀。」

「哈哈哈，太誇張了啦。」

可是琉希卡提起幹勁的樣子太有氣勢了。

讓我產生了錯覺——彷彿她即將與魔王軍的幹部展開決戰一樣。

「好像連我都緊張起來了耶。」

離開村子後已過去三年。

沒錯，已經有三年沒見到他們了。

我說要去拯救世界，他們還爽快地為我們送行。如果告訴他們我被逐出隊伍，他們會露出什麼樣的表情？

我希望……他們不會對我失望。

但是老爸應該會賞我一拳吧？

況且我還拋下蕾琪一個人回來，更不可饒恕，所以我甘願接受教訓。

「……吉恩？」

「……啊，抱歉。連我都感到有點彆扭了。」

「……別擔心，你的表現就由我證明。吉恩確實拯救了世界。你只要抬頭挺胸，走進家

門即可。」

「琉希卡……」

她是「賢者」，說不定已經猜想到我的心思，才會跟我回來吧。

「雖然我家沒辦法盛大地招待妳，不過妳就進來吧。」

我打開門說道。

老爸跟老媽就在家裡面。他們臉上的皺紋，比我最後一次看到時還增加了些。

兩人看向門口，猛然站起身。

「吉恩……？是吉恩嗎……？」

「……嗯，我回來了，老爸、老媽。」

「……歡迎回來，吉恩……！」

兩人用溫暖的聲音歡迎我，並面露微笑。

看到他們的表情我才發現，「擔心他們不會認同我的歸來」根本是杞人憂天。

這讓我開心不已，不禁想要撲進他們懷裡。可是我還是忍了下來。

儘管有很多事情想分享，但在那之前，我還有個必須先介紹的人物……

介紹這位與我一同踏上救世之旅的，其中一位夥伴。

「老爸、老媽，這一位就是——」

「——爸爸、媽媽，初次見面，我叫做琉希卡，是吉恩的未婚妻。今後請多多指教。」

「咦？」

「「咦咦咦咦咦咦咦？」」

爸媽的叫聲大到能打斷我的聲音，甚至響徹整個村子。

◇◇◇◇◇

「咯咯咯，汝等就是這一代的勇者嗎？」

站在我與優莉面前的，就是在這漫長的歲月中，使世間陷入混沌的魔王。

與以前戰鬥過的魔物相比，魔王確實散發出無法比擬的壓迫與震懾，使我不得不做好面臨苦戰的覺悟。

不對，正確來說是**原本不得不**才對。

遠比生命還重要的婚姻生活（東西），就快被同伴奪走了。

這個事實讓我們渾身充滿幹勁。

畢竟打倒這傢伙之後，還有一場更激烈的戰鬥等著我們。

「吾為統治世上眾魔族之大魔王！凱薩・拉呂埃勒——唔喔？」

「呿，打偏了。」

「汝等……偷襲也太卑鄙……！」

「我沒時間能耗在你身上，就給你選項吧。你要現在去死？還是等一下死？」

「咯、咯、咯……！才如此年紀就有這等殺氣……！但別以為這點威脅對吾會有用！」

魔王的程度果然不一樣。儘管以前打倒的魔王軍幹部也不曾投降過，但從來沒有人面對我的殺氣還能笑顏以對。

既然如此，就讓我盡到「勇者」的職責吧。

全是為了跟吉恩過上甜甜蜜蜜的新婚生活！

「放馬過來吧，吾也會用上渾身解術迎戰汝等！」

眼前的魔王看起來相當開心的樣子。

還以為自己能夠獲勝嗎？現在要死的可是你啊。

「在天微笑的女武神啊，讓眼前一切的邪惡歸回虛無吧——『斷罪聖劍（Excalibur）』。」

「啊，女神啊。救贖吧，制裁（救贖）吧，執行（救贖）吧，施捨於其人吧——『滅魂之歌』。」

「無所見，無所聞，無所感；宛如嬰兒般地環抱自身逝去吧。為弱者降下永夜之帷幕——『夢幻空虛世界（Zero Phantasm）』。」

三人同時施展各自的絕技。

我們兩人的加護所綻放的神聖光芒，與魔王汙穢混濁的黑暗碰撞在一起，互相侵蝕，激烈衝突。

……「斷罪聖劍」會根據使用者的情感提升威力。

雖然我的心靈本來就鮮少動搖，不過平時會壓抑情感，全是為了在這關鍵一刻能夠全部釋放，藉此獲得爆發力。

我喜歡吉恩，比世上任何人都還深愛著他。我們已經約好要結婚、約好過上幸福的生活了。

要是在這裡戰敗，一切都會終了，變成一場幻夢。

那種事我才不要，才不要，才不要……！

「什……！威力逐漸增加了……？」

「……最後會獲勝的，是愛的力量。」

黑暗盡數被光明吞噬，周遭一帶都包圍在神聖的光輝下。

「——咕哇啊啊啊啊啊啊啊！」

對於魔族來說，神聖的光輝是蠶食身體的劇毒。

我與優莉施放的攻擊化作光之湍流，將魔王吞沒。最終他一面放聲慘叫，一面在我們眼前痛苦打滾掙扎。

我警戒著靠近，用劍尖朝魔王的身體刺了刺。

每刺一下，他就會像毛毛蟲一樣彈跳蠕動，有點好玩。

「好了，魔王，這次人類與魔族的戰爭，你覺錯在誰身上？」

「咯、咯、咯……吾等魔族的所作所為想當然耳是正義——講錯了，這是全體人類的勝利……？」

魔王對自己的言論感到詫異，立即摀住嘴巴。

此刻魔王的身體，會擅自作出與自己意志相左的言行。他對此應該很訝異吧。

這就是「勇者」們被賦予的神聖之光最大的效力。

看來——我們加護的力量——神聖之光，正在逐步淨化他的精神。

「那麼今後就請魔族們為人類盡心盡力嘍？」

「誰會接受那種提案——悉聽尊命。身為敗者，吾會服從——可惡！吾的身體到底怎麼了？」

自己的身體正在慢慢變化，魔王對這個狀況陷入極度混亂。

魔王的身體已經不再屬於他，是屬於女神們的，因為那是女神們從天上賜予我們的祝福。

「這樣看起來好像沒有問題了。**淨化**得滿徹底的。」

「那我們就快走吧。請帶我到他的所在地。」

「嗯，如果妳能幫我施加肉體強化魔法，我們立刻就能出發。」

「了解。啊～女神啊，賜予我們恩惠吧——『祝福之歌』。」

優莉使用「聖女」加護的能力，將我的力量再次提升。

我握了握拳，確認手感，然後向優莉伸出手。

「抓住我。他們前往的地方一定是我們的故鄉。」

「妳真的確定嗎？」

「不要小看青梅竹馬的直覺。」

「我相信妳！快走吧！」

我背對——不知何時失去意識的——魔王蹲了下來，蓄積力氣。

然後往大地一蹬跳起——飛向天際。

◇◇◇◇◇

我正在作夢嗎？

「哎呀呀，琉希卡小姐真的愛著吉恩呢～」

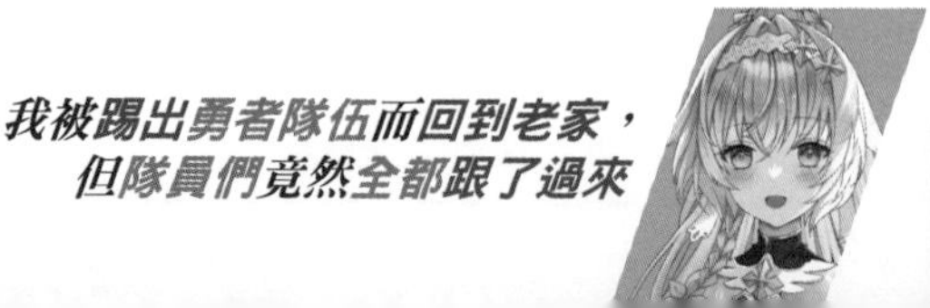
我被踢出勇者隊伍而回到老家，
但隊員們竟然全部跟了過來

「要直接講出來讓我有點害羞，可是我的心情沒有任何虛假。今天我也是為了儘早跟爸爸媽媽見面，用了魔法過來。」

「真的嗎？哎呀，吉恩能追到這麼個美人，實在是個幸運的傢伙啊！」

把我這個當事人晾在一邊，我的夥伴跟父母相談甚歡。

況且她說的「結婚」，我完全沒印象。

「琉……琉希卡！」

「怎麼了？我還想跟你談談我們兩個今後的打算呢。」

「不是，這太奇怪了。要釐清的地方太多，讓我頭好痛。首先要說的是那個……」

「什麼嘛，原來是那個呀。那我可以簡單說明一下。」

琉希卡聳了聳肩，一副拿我無可奈何的樣子搖了搖頭。

「好吧，請聽好，不要嚇到哦。」

「我知道了。」

「我喜歡你，吉恩。」

「等下等下等下等下。沒辦法，我沒辦法不嚇到啊！」

我猛力揮手暫停對話。

她卻緊緊握住了我的手，隨即繼續說道：

「吉恩，之前我問你『要是我真的嫁不出去，你會收下我嗎？』的時候，你說過『我很樂意』，對吧！」

「…………」

……我的確說過……！

印象中，我確實有跟她聊到這件事情過。

但是，給我等一下。

就算說過好了，我怎麼可能想到她真的會來逼婚？

而且她還有該做的事情。

「魔、魔王要怎麼辦？『賢者』琉希卡如果不在，就算是那兩人也……」

「放心吧。跟你共度一晚以後，我就會馬上前往會合了。」

「共度一晚？需、需要這樣嗎！」

「我、我可是認真的哦！我是認真喜歡吉恩你呀。我所認定的對象就只有你了！」

還真是熱情的告白啊。

我確實喜歡年紀比我大的女生。像琉希卡一樣心胸寬大的人，我也覺得很棒。

即使如此，突然變成夫妻也……當夫妻……也太……

——也不是不行耶？

「……琉西卡。」

我緊緊握住她的手。

於是乎，她至方才為止的強勢畏縮了下來，琉希卡淺顯易懂地開始慌亂了。

要仔細思考啊，吉恩。

未來很有可能不會再出現想跟我結婚的女生了。

從胸口到腳尖，那苗條又美麗的身體曲線。寬大的氣度、沉穩的氛圍，這些都太完美了。

更不用說她還算相當喜歡我，我也很尊敬她這個人。

能夠滿足這些條件的女生會嫁給我，機率幾乎可以說是零也不為過吧。

「……哎呀呀～？你們已經進入兩人世界了嗎～？」

「老婆，打擾他們太不識相嘍。」

「「……！」」

對喔，我忘記老爸他們也在了啦……！

一邊被雙親「關懷」著一邊傾訴愛意，再怎麼樣也太羞恥了。我牽起琉希卡的手，把她帶去外面。

能聽見身後傳出一聲：「要加油哦～」所以我關上門，強行遮斷聲音。

「吉……吉恩？」

「抱歉，我想要跟妳單獨說說話……」

呼～……我吐了口氣，調整自己的動悸與呼吸。

……好，沒問題，我可以的……！

「琉希卡，妳真的喜歡我嗎？」

「啊，嗯，當然！」

「我知道了……」

最後也確認過心意了。

那我該做的，就只有一件事。

為了能夠認真面對她，我必須毫不保留，將心聲傳達給她。

這都是為了跟她長長久久地走向未來。

「琉希卡……我現在還沒有辦法很有信心地說出『我喜歡妳』。」

「嗯，就算那樣我也沒問題。」

「但是從今以後，我會以異性的角度好好看著妳……妳願意接受這樣的我嗎？」

「你在說什麼？……就是你才好啊。」

她閉上了雙眼，略微噘起來的嘴唇看起來有些笨拙，但那副試圖回應我的模樣十分惹人憐愛。

我抓住琉希卡的手臂，這讓她顫抖了一下，但她很快地鎮定了下來。

再一次從正面端詳她的容貌，讓我不禁覺得她真的很漂亮。

我一邊想著，一邊將臉緩緩地朝琉希卡湊近——

「絕對不會讓你們得逞……！」

「吉恩先生～！」

「妳們腫摸……？」

——蕾琪與優莉往我的側腹衝撞，狠狠地把我撞飛出去。

「咕呼……咳吼……」

我滾啊滾的，直到身體撞上樹木才終於停下來。

撞擊力大到讓我不禁懷疑骨頭是不是斷了。

疼痛陣陣擴散到全身，肺部也開始渴求氧氣。

這個突擊真不是鬧著玩的。況且如果我沒看錯，動手的人……是蕾琪跟優莉。

「吉恩！」

琉希卡擔心我的狀況而跑了過來。她一蹲下來，便立刻為我施予「恢復魔法（Healing）」。

喔……傷處的疼痛逐漸緩和了。

「吉恩先生，您沒事吧！」

「吉恩……別死啊……」

呃，把我打成瀕死狀態的，不就是妳們嗎……？

兩人憂心忡忡地握住我的手。

「喂，妳們兩個！太礙事了，快讓開！」

「要治療的話我比較擅長，琉希卡小姐才要快點住手。同系統的魔法一旦在這麼近的地方發動，效果會相互抵銷的。」

「妳的真心話呢？」

「由我來治療他，待會再讓他把我誇得身心蕩漾。」

「走開，桃色聖女！果然還是我來就好！」

「哎呀～？『恢復魔法』不是沒必要碰到傷處嗎？為什麼要碰人家的側腹部呢？手的動作也很可疑不是嗎！」

「妳們都很礙事。吉恩……我來幫你人工呼吸……」

「「現在沒必要做人工呼吸啦（吧）！」」

那個……妳們三個……

很謝謝她們這麼擔心我。能得到夥伴們的關心，我真是個幸福的人啊。

但是請不要停止治療好不好……

疼痛沒有消失耶……

除了側腹部之外，還有頭部之類的地方會痛啦……啊，不行了。意識……快要……

「再說要是琉希卡沒有偷跑……呃，咦？吉恩先生！」

「吉恩……！吉恩……！」

「睜開眼睛！吉恩！喂，別死啊～！」

最後在我視野前的是她們三人的身影。她們一邊流著眼淚，表情慌亂地搖動我的身體。

◇◇◇◇◇

「優莉，怎麼樣？」

「吉恩沒事吧？」

我們面露嚴肅的表情，注視著雙眼緊閉的吉恩先生。

本職就是治癒眾人的我負責治療。我握著他的手腕，輕輕地把耳朵靠在他的胸口上。

絕對不能有個萬一。

我謹慎小心地確認吉恩先生的安危。

「……呼～這樣就結束了。」
因為吉恩先生失去意識了，我們暫時中斷爭執，由負責治療的我施展魔法，使用的是「恢復魔法」之中，最高等級的「治癒之歌」。
聽到我的報告，兩個人鬆了口氣，拍拍胸脯。
「太好了……吉恩沒事……」
「真是的……妳們兩位，請沉著一點。」
「都是妳造就這個狀況的，居然有臉講這種話耶……」
琉希卡小姐一副「拿妳沒轍」的樣子聳了聳肩說道。
要是您沒有偷跑，這件事就不會發生了不是嗎？
怎麼會有那麼漂亮地打回自己身上的迴力鏢呀？
蕾琪逼近琉希卡眼前，質問道：
「我才想問妳，剛剛把臉湊那麼近是打算做什麼？」
「唔呃？那、那個是……那個～～」
「再說是琉希卡小姐率先偷跑的不是嗎？還把打倒魔王的工作推給我們……！」
「因、因為……沒辦法啊！要是錯過這次機會，下次要兩人獨處就不知道是什麼時候了嘛……」

「腦袋裡只有知識的精靈老太婆，怎麼會有膽子出手嘛。請您老實一點可以嗎？」

「啥？那優莉就有經驗了嗎？」

「……？沒有呀。」

不知為何，琉希卡小姐一臉像是看到笨蛋的樣子望向我這邊，表情誇張得難以置信。

真是個過分的人啊。

我從眾多信徒那裡聽來的露骨經驗談，數都數不清。

跟只會沉迷在書本裡的琉希卡小姐才不一樣呢，一點都不一樣。

「所以說，琉希卡負責寫討伐報告，這是處罰。」

蕾琪這麼說道，然後用公主抱把吉恩先生給抱了起來。

「等、等一下。身為勇者的蕾琪不在怎麼行！妳也給我跟過來！」

「我不要。」

「不，琉希卡小姐說得對。吉恩先生就由我來負責就好，兩位請不必擔心，先前往王都吧。」

「……淫亂聖女。」

「……營養都跑到胸部的女人。」

「腦袋裡裝肌肉的勇者還有砧板精靈的玩笑，人家完全聽不到～」

「琉希卡，要不要先用優莉來運動一下？」

「真是巧啊，我剛好也想試試看新的魔法。」

妳們明明笑笑的，講出來的話卻也未免太險惡了吧？

三年來一起旅行的夥伴情誼都跑到哪裡去了呀？

「話說回來，琉希卡小姐會瞬間轉移的魔法，來回不是一瞬間嗎？」

「就是怕妳在那個一瞬間搞出什麼名堂，才不想去啊。」

「兩位是不是把我跟魅魔之類的魔物搞混了呀？」

「嗯？妳說我們搞混了什麼？『性女』（註：日文的「性」與「聖」同音）大人？」

「……我覺得呀，我們三個有必要一決勝負才行了呢。」

「妳們給我適可而止。」

蕾琪以憤怒的眼神瞪向我們。

看到她認真的表情，我們只好噤口。

……是啊，害吉恩先生昏厥後，又爭執得那麼難看……我們到底在做什麼？

我們明明只要能與他一同歡笑就滿足了啊……我們不過是還想與他共享那些歡樂的時光而已……

再這樣下去不行，我要好好反省——

「照現在這樣，我跟吉恩共度夜晚的時間就變短了。」

「——好，夠了！猜拳吧，用猜拳決定勝負！贏的人留下！可以嗎？」

她們兩位好像也厭煩了沒有交集的爭論，老實地點了點頭。

我們各自高舉手臂，於是我便下令開戰：

「那麼要來嘍。剪刀、石頭……」

「「「布！」」」

然後，有個人厚顏無恥地發出滿心歡喜的吶喊，叫聲響徹整座村落。聽說後來有一陣子，村子裡流傳著「那天應該是有魔物出沒了」一說。

那究竟是誰呢？呵呵呵。

◇◇◇◇◇

小鳥啾啾啾地鳴叫著。

遮蓋窗戶的破布沒有完全遮擋住陽光，朝陽從窗子灑入，照亮了房間。

我被宣告早晨來臨的自然現象干擾，意識開始清晰起來，首先感受到的是身體的不自在。

好、好重……

宛如被綁在床上一般，感覺下半身的動作受限。

到底是什麼……咦？

我設法扭動脖子往下一看，只見優莉把我的胯下部位當成枕頭熟睡著。

「為、為什麼優莉在這裡……？」

「嗯……嗯～……」

她現在趴在我身上，感覺睡得不太舒適而扭動了身體。

這導致優莉的身上最為柔軟的部分，往我身上來回磨蹭。

糟、糟糕……！這個姿勢非常糟糕啊！

「優莉……！起來啦！」

妳再不起來，另一個我就要站起來了啦……！

她卻完全沒有要醒來的跡象。

平時她最沒有起床氣，總是會幫忙我做早餐，為什麼偏偏這個時候會睡得那麼熟啊……

既然如此，就要用強硬的手段了。

我盡可能悄悄地推開她。此時我那包裹著繃帶的手腳映入了眼簾。

這個瞬間，昨晚的記憶猶如濁流一般湧入腦海中。

「……對了，我想起來了。」

被琉希卡告白後，正當我要親吻她時，蕾琪與優莉突然出現，並且把我給撞飛了。

我因為劇烈疼痛，在她們三個爭吵時昏了過去……原來如此。

想必是優莉照料我的身體，就那樣不小心睡著了吧……大概。

也能夠理解了為何我醒來後，看到的是自己那令人懷念的房間了。

「可是啊……」

雖然洞悉了情況，但眼下的狀況還是不會改變——我的視線到底該往哪擺？

「要是亂動，我那裡百分之百會碰到她……」

儘管是優莉自己抱上來的，不過最好還是小心不要碰到她的胸部之類的地方。

「嘶……呼……」

優莉的呼吸聲維持著規律。我緩緩地朝她伸出手。

打算把她的身體稍微抬高，從她的壓制下逃開。

不能碰到胸部……要想辦法把肩膀、把肩膀給……

可是這個場景如果被爸媽撞見，一定會被誤會吧？哈哈哈——

「喂～差不多該起床……」

「…………」

「……你慢慢忙，忙完再下樓。」

「啊啊啊啊啊？不是不是這樣，老爸！這是天大的誤會啊！」

就算大聲叫住老爸，他也不聽我說話。

他面露僵硬的笑容關上房門，回到起居室。

此刻他應該在和老媽，為我的不忠貞而嘆惋吧。

又或許是正在為新來的媳婦候補而歡欣？

……從那兩個人的個性來看，感覺應該是後者。

不過再怎麼說，優莉也不可能對我抱有異性之間的好感才對。

「嗯……呼哈～……」

再度回到寂靜中的房間，迴盪著一道甜美的嗓音。

她挺起胸膛，伸了個懶腰，拜此之賜彰顯了她的胸部。

只有一個人擁有如此凶惡的武器（胸器），就是優莉。

「啊，吉恩先生，早安。身體的狀況怎麼樣？」

「現在應該沒問題。是妳幫我治療的吧？謝謝妳。」

「不客氣。給您添麻煩的是我才對……吉恩先生，您之後有什麼打算？可以的話，我也想要跟您在一起。」

「好啊，我今天打算要幫妳們祈禱，祝福妳們成功討伐魔王——欸，對啊！不是要討伐魔王嗎！」

雖然我們正悠悠哉哉地聊天，不過今天可是討伐魔王的日子。

王國將集結一切軍力，向魔王軍發動總攻擊。

她可不是能待在這裡的人物啊。

她應該跟蕾琪和琉希卡一同領軍，跟魔王展開死鬥才對……

「為什麼妳會在這裡！今天不是要討伐魔王嗎？」

「魔王已經被我們打倒嘍。」

「……咦？真的嗎？」

「我有對吉恩先生說謊過嗎？」

「……沒有。」

「這就是事實。」

騙人的吧……？長年欺壓人類的魔王，就那樣一瞬間被……？

咦……我們小隊強過頭了吧……

這個消息過於令人震驚，導致我無法立刻全數消化。

「現在蕾琪跟琉希卡小姐去做討伐報告了，她們拜託我負責留下來。」

「妳也得去才對吧？我這種小腳色丟在這裡就好了，妳現在快點趕去王城……」
「沒問題的，這部分也確實拜託琉希卡小姐代勞了。所以我們現在就來談談關於今後的事情，好嗎？」
她接著說道：
「另外，請別說自己是『小腳色』。重要的人像這樣貶低自己……會讓我很難過。」
「可、可是……」
「沒有可是。請跟我保證，可以嗎？。」
優莉輕輕牽起我的手，拉到她豐滿的胸部前握緊。
她的眼眸中看得見哀傷……罕見地還能看到憤怒。
這讓我認知到她有多麼認真，使我反省起自己的懦弱。
「……抱歉，我不會在妳面前再次貶低自己了。」
「很好，約好嘍。」
她跟我定下約定時，總是會像這樣勾起我的小拇指。
聽說這好像是女神教導的儀式。
儘管我不知道詳情，但這應該是很祕密的儀式，應該只會傳授給具有「聖女」資格的人吧。

跟我定下約定的優莉看起來心情頗佳。但她看了看我包裹著繃帶的手臂，笑容在此時蒙上陰霾。

「我要再次為昨晚的事情道歉。撞見兩位的那一幕，我慌張到失去理智了……」

優莉垂頭喪氣地道歉。

都已經完成了豐功偉業，卻還擔心我這種小腳色的安危……這或許是她身為「聖女」的緣故吧。

她接觸過的痛楚比一般人多上無數倍，也因此成了能夠體諒他人痛苦的女孩。

因此她養成了壞習慣，會像這樣過分地苛責自己。

「沒問題啦，優莉。謝謝妳擔心我。」

「……嗯，謝謝您。」

我輕摸她的頭，優莉隨即靦腆地笑了起來。

……優莉的笑容彷彿太陽般照亮了我。

對如此優秀的女生抱有邪念，我真該感到慚愧。

「吉恩先生等一下要做什麼？還要再休息一下嗎？」

「不了，我要起來了。剛剛震驚過頭，感覺也睡不太著。」

「那麼我們去吃早餐吧。今天我來做早餐好了，當作賠罪。」

「我也來幫忙，總不能一直跟優莉妳撒嬌呀。」

聞言，優莉喜形於色，踩著小跳步拉起我的手。

我已經做好與她們分別的覺悟，此時同伴卻依舊在我身邊。

這個事實使我忍不住嘴角上揚。

「哎呀，吉恩先生，您這個笑容很好看唷。該不會……」

「該不會？」

「是因為有我在……很高興之類的嗎？」

「哈哈……嗯，就是這樣。可以跟優莉像這樣聊天，讓我很高興。」

「呼耶?吉、吉恩先生，您對我是真愛……?可以嗎……?現在可以推倒嗎……?」

「……?來，我們去起居室吧。我老爸跟老媽應該也在才對。」

優莉停下腳步，嘀嘀咕咕地說了些什麼。但我呼喚了一聲後，她隨即跟我一起走下樓。

「早安啊——奇怪?怎麼沒人……」

「真的耶。已經出門工作了嗎……?」

「有可能……啊，有東西在桌上。」

我拿起放在桌上的木板，瀏覽上面的內容。

『給吉恩與優莉妹妹：

老爸帶老媽去採晚餐要吃的山菜了。

村子裡的所有人也都出門狩獵，或是去汲水。

暫時沒有任何人會回來，請放心吧。

就算你跟旅伴大玩一場，也不會有人聽見，所以不用忍著不發出聲音喔。

P.S.家裡的食材可以隨意使用，你要好好補充體力才行。

爸爸與媽媽留』

這種顧慮最讓人不知該如何是好了啦……！

讀完上頭寫的文章，關於內容的結論是——我讓父母操了多餘的心。

別在奇怪的地方大肆行使村長權限啊。

老爸跟老媽到底是用什麼理由向大家說明的……？

「父親大人跟母親大人說了什麼？」

優莉從後方看了過來，我連忙把木板藏起來，不讓她看見內容。

這種內容要是曝光，一定會被她投以鄙視的眼神。

沒想到老爸跟老媽居然打算促使那種情節發生……！

「沒、沒事啦。他們說要出門一下，去採集晚餐的食材回家。」

「原來是這樣呀。如果跟我們說，我們兩個就能去採回來了嘛。」

「一定是希望我們好好休息，緩解長途旅行的疲勞吧。我們承蒙他們的好意就好。」

「……呵呵，說得也是。」

呼……她好像接受了這個說法。

優莉站起身，掏出一條布帶，把長長的頭髮在後腦杓綁成一束。

「好了，來做早餐吧。有想點的菜嗎？」

「把煎蛋跟火腿還有蔬菜夾在麵包吃裡好了。我負責切食材，優莉來煎蛋可以嗎？」

「好的。」

我在心裡詠唱「風刃（Slice）」，從指尖釋放的風隨即把木板割成四等分。

嗯，這樣就成功湮滅證據了。

我捲起袖子，在流理台前與她肩並肩，著手開始料理。

菜刀敲擊砧板，發出咚咚咚的聲響。

蛋液倒進鍋中，發出啾～……劈啪劈啪的聲音。

這些生活中的聲音，以前我從來沒有在意過，這個空間卻安靜得讓那些聲響清晰可聞。

……嗯～該怎麼說好呢？

「這種時光感覺真棒耶。不用緊張兮兮的。」

「畢竟在旅途中，總是會用一部分的注意力警戒四周嘛。嗯～！現在輕鬆多了呢。」

一如往常，只要一點點動作，那對凶惡的存在就會搖搖晃晃。我從該處移開視線，專心於手上的工作。

「……魔王真的不在了吧……感覺好不真實耶。」

「我、我們之所以讓吉恩先生離開隊伍，可是有理由的唷。我們都……不想讓您死掉，因此才……」

也許是以為我會因為被逐出小隊而生氣吧？優莉慌慌張張地解釋起緣由。

「抱歉抱歉，我完全不在意啦，安心吧。」

「真、真是的～」

我摸了摸她的頭，優莉隨即瞇起眼，好像有點癢的樣子。

……話說回來，她沒有穿著平常作為「聖女」時的服裝。這種模樣我好久沒看到了。

平常她都穿著黑色基調的服裝，但現在套上了與之相反的白色圍裙。

我借她穿上老媽使用多年的圍裙，感覺很適合擁有能夠包容一切的母性的優莉。

要是有這樣的妻子，人生也會增添不少色彩吧……不過那跟我無緣就是了。

「……吉、吉恩先生？」

「……噢，抱歉。因為優莉現在的打扮很新鮮，我不小心看入迷了。」

「呵呵，您想看多久都沒關係。現在也好……今後也是。」

「的確，這樣樂趣就增加一個了。」

在我們談笑風生之際，早餐很快就完成了。

我把保存起來的硬麵包切成四片，然後分別弄出可以用來夾食材的空間。

將蔬菜、火腿都塞進去……然後——

「小心不要弄掉……小心、小～心……做好了！」

最後由優莉把煎蛋給放上去就完成了。

我把飲料倒進杯中，拿到餐桌上。和優莉又一次肩並肩坐在一起。

「「我要開動了。」」

「嗯，好吃。簡單單純果然最棒了。」

「蔬菜也很清脆，很好吃呢！」

雖然麵包真的有點硬，這卻也是它好吃的地方。

還在成長期的我們，大口大口地將食物往嘴裡送。

不消多久便吃光光了。

說不定是因為久違地可以像這樣悠哉地專心吃東西，讓我覺得更加美味了吧。

「可以像這樣喘口氣的早晨……究竟多久沒有過了呀？」

「有時候會在用餐途中突然遭遇襲擊，有時候剛吃完就要進軍了。」

「讓我想起那時候苦澀的記憶了……剛開始還不習慣，讓肚子很受不了呢。」

「已經不會再有那種事發生了吧。」

「和平真是太棒了。」

「對啊……」

「既然變和平了……吉恩先生回到故鄉，有什麼打算嗎？」

「雖然很籠統……可是我想要悠閒度日。種種蔬菜，去打打獵，有時候帶著午餐出遠門……因為已經遠離戰場了，我想嘗試以前沒試過的事情。」

「以前沒嘗試過的事情……」

「對啊。優莉有什麼想做的事嗎？」

「想生小孩……」

「呃？」

「咳哼！對不起，我剛剛咬到舌頭了……嘿嘿。」

優莉害羞地吐了舌頭。

哈哈哈，我想也是。

那個優莉怎麼可能一大早就說什麼「想生小孩」嘛。

我是不是撞到頭的影響還殘留著啊……？

「話說回來。我覺得……能像這樣悠然自在地談論未來的事情……這樣的時間真的很美好。您不覺得嗎？」

「嗯，我也這麼覺得……如果可以，希望從今以後都能過這樣的生活。」

「——唔！」

「像剛剛也是……我忍不住會想到，要是跟妳結婚，以後就能像今天一樣一起度過早晨了吧。」

「————唔嗯！？」

優莉的臉蛋變得通紅，連耳朵的外緣都染上紅潮了。

糟、糟糕了……都是琉希卡的告白，害我開始在意些奇怪的事……

突然被我這種小腳色講這種話，優莉一定覺得很噁心吧？

雖然她叫我不要貶低自己，但再怎樣都應該道歉才行。

「對、對不起！我說了奇怪的話……！」

「吉、吉恩先生真是的……您還沒睡醒嗎？」

「真的很抱歉。我去洗一下臉——」

「——我們已經是新婚夫妻了，從今以後都會一起過日子呀。」

沒錯沒錯，我跟優莉已經結婚了，可以隨心所欲地——

「——等一下。」

太離奇了，我完全沒印象自己已經結婚。

奇怪？這個發展，感覺最近才經歷過一次。

該、該不會……？

「那天……吉恩先生對我說過的……充滿熱情的求婚台詞……我一刻也不曾忘記！」

果不其然，過去的我又搞出事情了——！

「…………」

陶醉又熱情的視線射向我。

雖然我以笑容面對她，心裡面卻不停在大叫。

還、還沒完。別慌啊，吉恩．蓋斯特。

說不定是因為事情牽連得很複雜，優莉才誤會了吧。

要保持冷靜聽她說，不能急忙下結論。

「吉恩先生對我說過：『在優莉心力憔悴的時候、灰心喪志的時候，我想在妳的身邊支持妳。』」

不行，沒得談了……！

那天的記憶，確實深刻地留在我的腦中！

呃，嗯……？不過這能算是求婚嗎？

想在親近的人身邊支持她，不是很普通的事嗎……？

「……的確。我也應該把自己的心情，透過言語好好表達才行。」

或許是發覺我的反應不是很積極，優莉再一次面向我。

表情誠然是戀愛中的少女。

就連我也猜得出來，她現在打算說什麼。

「我愛您。我也會跟吉恩先生互相支持……我想跟您成為能夠長久廝守的夫妻，與您共度一生。」

她毫無雜質的心意直直地傳入我心中，溫暖地包裹著我。

被這麼可愛的女生喜歡上，會有男人不高興嗎？

「優莉……」

跟她一起旅行至今，我還是第一次看到她這樣的表情。

她並非開玩笑，也沒有在捉弄我。

正因如此，我的心臟才會撲通撲通地激烈跳動。

以結論來說，我也對琉希卡求婚過。這下子不就是腳踏兩條船了嗎！

我就坦白說吧。如果要我順從自己的慾望，我想跟她們兩個結婚啊！

但是只有貴族才有資格重婚。若要迎娶她們為妻，我**勢必得成為貴族**才行。

也就是說身為平民的我，必須在琉希卡與優莉之中做出抉擇。

……我知道這樣很可恥，但要我在此立刻答覆實在……

「我想……您應該已經被琉希卡小姐告白了吧？」

「……我有那麼好懂嗎？」

我露出自嘲般的苦笑。

優莉搖了搖頭。

「當然懂呀，畢竟是我喜歡的人的事情嘛。」

語畢，她露出連嬰兒都會停止哭泣的柔和笑容，表情實在不負「聖女」的名號。

「因為這三年一直看著您，我知道您是個溫柔的人，您一定會為此煩惱吧。」

「……的確，全都被妳看穿了。」

「蕾琪和琉希卡小姐回來以後，一定也會注意到我已經告白過了。她們兩位跟我相同，也很重視吉恩先生。」

她小小的手碰觸到我的手，感覺有些冰冷。

我們的手掌交疊。她沿著我的手指撫摸而上，緊握住我的指尖。

「然而正因如此，這份心意絕對不會妥協。」

然後她用力一拉。

由於太過唐突，失去了平衡的我往前傾倒，被她豐滿的胸部逮個正著。

我無法反抗重力，整張臉直接沉入那份柔軟。

「優、優莉？」

「您聽得到嗎？我的心跳，現在跳得很快唷。」

聽不出來啦……！

我的心臟太吵雜了，根本判斷不出是誰發出來的聲音！

「欸，吉恩先生，現在只有我們兩個，沒有人會過來。村子裡的各位也很顧慮我們……這樣的機會可是很難得的唷。」

啊，留言的內容完全被看光了。

「我可沒有……像吉恩先生以為的那麼乖巧。只要能讓吉恩先生選擇我……」

她輕輕撫摸我的頭，手指順勢往下移動，拂過我的後頸。

「呼~~……」朝我的耳邊吹了氣。

「我要融化您，讓您沒有我就活不下去。」

耳邊傳來布料摩擦的聲音。

咦？咦？咦？優莉，妳在做什麼！

可惡！視線被胸部蓋住，什麼都看不見！

完蛋了完蛋了完蛋了！得快點離開才行。可是男人的本能完全不聽我指揮啊！

「沒關係的，吉恩先生，把身體交給我吧──」

「我回來了。」

「──咿呀！」

「唔喔喔唔？」

在我們即將進入兩人世界之際，一道聲音突然打斷我們，使我們不由得推開彼此的身體，拉開了距離。

我朝聲音的來源一看，只見蕾琪以詫異的眼神看向我們。

幫、幫了大忙……！

蕾琪，謝謝妳。

我還沒得出答案就差點沉溺於肉慾了，還好沒有變成一個差勁的男人……！

我拍了拍胸口心想，姑且避免了最糟的結果。

「……你們在做什麼？」

「沒、沒事啦。我剛剛差點跌倒，優莉扶了我一把。」

「……哼～好可疑……算了，就原諒你吧。畢竟我是心胸寬大的妻子嘛。」

「哈哈哈，謝啦……妻子？」

「嗯。」

「誰？」

「我啊。我是吉恩的妻子。」

無視於我有沒有理解狀況，蕾琪繼續說下去：

「吉恩，我已經決定好我們的婚禮會場要選在哪裡了。」

——我腳踏三條船了。

蕾琪，連妳也是嗎……！

我的青梅竹馬比出了勝利手勢。見她這副模樣，我的冷汗有如瀑布般滴滴答答流下，止都止不住。

「怎麼了，吉恩？你流好多汗喔。發燒了嗎……？」

「沒、沒有，不是啦。只是因為蕾琪突然出現，我嚇了一跳而已。」

「哦～驚喜大成功。耶～耶～」

蕾琪面無表情地跳了跳。

我看得出她很高興，令人會心一笑。但這個狀況真的讓人笑不出來。

『不知不覺間，我腳踏三條船了。真是負心漢。』

我在心裡吟出了一段差勁透頂的詩句。面對這個狀況，我的大腦過度運轉，反倒逐漸冷靜了下來……

因此，我雙腿的顫抖完全是興奮使然罷了，流不完的汗水也只是因為代謝良好。

絕非懼怕自己所處的立場哦。

魯鈍如我，也差不多察覺到了。

——過去的我一定做了些什麼。

總而言之，先不提「蕾琪以我的妻子自居」這件事好了。

比起那點，我更在意她說的婚禮會場。

她很有可能會在我毫不知情的情況下，把別人給牽扯進來。

「好吧，讓我聽聽細節。總之先歇一會，一件一件說給我聽吧。」

說完，我坐到椅子上。

想當然耳，另外兩人各自搶下了我兩側的位置。

視線前方只見空無一人的房間。

「……不該變成這樣吧！」

我忍不住吐槽道。

「妻子坐在丈夫身旁很正常。」

「就算是妻子，這種時候也應該面對面說話啊！被夾在中間很不方便講話啦！」

「那麼蕾琪，請移動到對面，好好說明一下吧。」

「不要，優莉代替我過去就好。」

「強求人也該有個限度才對吧？」

「沒問題的，我相信優莉。」

「這種台詞可不可以在別的情況說啊！」

話題完全無法進展……

還有，拜託妳們不要把我夾在中間鬥嘴……感覺很丟臉耶。

按捺不住的我站起身，移動到對面的位子。

「好了。妳們不要起立，在那邊和樂融融地並排坐好。」

見她們馬上就想換位置，我立刻制止道。她們只好一臉不情願地坐了回去。

「……所以說，妳已經決定好我跟妳的婚禮會場了？」

「沒錯。我覺得吉恩一定也會很高興。」

「這樣啊。我可以問一下地點嗎？」

「王城。」

「……汪城？沒聽過的地名耶。」

「不是啦，是王都的城堡。」

「原來我沒誤會啊，可惡！」

蕾琪比出勝利手勢，兩隻手指頭一開一闔。

相對地，我趴在桌面上，為青梅竹馬的瘋狂行徑哭喊。

「我已經讓國王承認我們嘍。」

蕾琪翻了翻口袋，掏出一張折起來的紙張，在桌上攤開。

我抬頭看到上頭以斗大的字體寫著「艾登達克城之使用許可證」，又一次垂下頭。

「為什麼……為什麼要辦在王城那種地方……國王陛下為什麼會同意啦……」

「因為我想把我們的幸福分享給更多人呀。」

「這樣啊……妳真偉大……」

「這樣我們就是國家公認的夫妻了。」

我深刻領悟到自己跟蕾琪的思考方式，有著很大的規模差距。

身為「勇者」，蕾琪的名號響徹各地，想必會有很多人願意祝福這位打倒魔王的英雄吧？狂熱的追隨者們應該也會蜂擁而至。

屆時他們知道對象是我，會不會對我丟石頭？我開始擔心起來了耶……

——等等。

現在話題朝著跟蕾琪結婚的方向進展，但這對優莉來說應該很不是滋味才對吧？

我連忙坐正，看向方才對我告白的少女。

「……？我的臉上有沾到什麼嗎？」

可是她看起來沒有一絲慍色。

不僅如此，她甚至跟蕾琪一起悠哉地說著：「聽起來真棒呢～」

奇怪……？是我誤會了嗎……？

原本我還以為……會演變成更混亂的場面……

「話說回來。蕾琪，妳有好好遵守我說的話嗎？」

「當然。琉希卡正負責留在王城裡辦理手續嘍。」

「那就好。為了讓大家都能幸福，那是不可或缺的。」

「嗯，一定要讓吉恩當上貴族才行。」

這個瞬間，我的腦中變得一片空白。

……什麼？我當貴族？怎麼回事……？

「優、優莉？妳可以說明一下嗎？我聽得沒頭沒腦的……」

「其實我們要求國王『封吉恩為貴族』，當作討伐魔王的其中一項報酬。」

說完，她有模有樣地向我拋了個媚眼。

好可愛……不是啦！

「呵呵。我從以前就在想了，如果我們全都喜歡吉恩先生，該怎麼辦才好呢？」

「要是我們認真打起來，勢必會出現比魔王軍進攻更為巨大的損害。」

「坦白說，我可是想要獨占您的唷。我當然有自信能讓吉恩先生選擇我，但是……」

「我們都無法想像吉恩不在身邊的人生，因此三人昨晚討論過了。」

「我提出的方案是『讓吉恩先生當上貴族』。只要吉恩先生成為貴族，即使重婚也不成問題！」

「這麼一來，就沒有任何問題能阻礙我們結婚了。」

才剛說完，兩個人便緩緩移動到我身邊，緊緊抱住我的兩手臂。

她們標緻的臉龐湊近我的耳邊。兩人面帶笑容如此說道：

「所以說……」

「不會再讓您逃跑了，覺悟吧。」

「「老公。」」

我被可愛的女生——而且還不只一個——如此追求。

只要是男人，任誰都會夢想這個場景吧。但是為何我的臉頰正在抽搐呢？

已經逃不掉了。我只剩下一條路可走，就是接受所有人的愛。

而且對象都是國民英雄。

領悟到自己未來的我，開始煩惱起自己逐漸惡化的胃痛。

◇◇◇◇◇

另一方面，在王城裡——

「可惡……蕾琪那傢伙說什麼『要用到腦袋的工作我做不來』，把這些全部推給我就跑走了……」

「……朕可是一早就被挖起來，穿著睡衣忙到現在喔？」

「動口不如動手。要是我不在的時候那三人的關係有所進展怎麼辦……！」

「朕才是國王吧？咦？讓朕做雜事？每次只要扯上妳們，朕感覺就要瘋掉了……」

「結婚……！只要完成這個，就能跟吉恩結婚……！」

「把吉恩帶來……！只有他！勇者小隊裡只有他對朕好啊……！」

琉希卡處理著堆積如山的文件，表情宛如惡鬼一般。面對她的慾望，辦公室裡傳出國王無奈的嘆息。

Life 1-2 這次就由我來

「好懷念……感覺好像回到小時候呢。」

我們改變了地點，來到我的房間。

蕾琪在我身邊。我們一起坐在床上。

由於已經把想說的話說完了，優莉前去森林把老爸他們請回來。

原本我想要跟她一起去，可是——

「吉恩先生能陪一下蕾琪嗎？啊，雖然請您陪她，但不是指在床上的陪伴唷……」

她如是說。既然本人都這樣講了，應該沒問題吧。

至於後半段的內容，我的腦袋拒絕接受，因此想不太起來了。

「優莉真的很溫柔，所以我討厭不了她。」

「就是啊。」

「她也很擅長做飯，還會教我念書。」

「就是啊。」

「另外，她的胸部也比我大。」

「就是……不要突然講個不方便同意的東西好不好？」

「但是對吉恩的感情，我是不會輸的。」

蕾琪展開手臂，往後一倒躺到床上。

她砰砰砰地拍了床鋪示意著，於是我也跟著她躺到床上。

這是張廉價的床鋪，躺下去會嘎嘎作響，還會讓背部有點疼痛。

但是像這樣，身邊有蕾琪在的光景，讓我非常懷念，也很舒心。

「我們以前常常一起睡覺，好懷念。」

「我也在想同一件事耶。妳在半夜來把我挖起來，要我陪妳去廁所，上完以後妳就會鑽進我的被窩。」

「嗯，跟吉恩一起睡覺很溫暖。」

「妳喔，一開始都緊緊黏著我睡覺，結果睡相太糟了，每次都會把我的被子搶走。」

我用指頭輕輕彈了她的額頭，可是蕾琪的眼睛一下也沒眨。

「哼，哼，哼。這種微弱的攻擊對我不管用。」

「「勇者」的加護真厲害啊，我已經贏不了妳了吧。」

「當然，我的力量也比你強了。吉恩這個程度，我用小拇指就打得贏。要跟以前一樣比

腕力嗎？」

「哈哈哈，我不會中這種挑釁啦。」

「你要逃啊？吉恩變膽小了呢。」

「……才不是膽小，這是戰略性撤退。」

「膽小鬼，真是小腳色，比我的小拇指還不如。」

「…………」

「唉～～害怕比輸我，都不敢上擂台了嗎？變成弱雞了嗎？真遜。」

「要比就比啊～！」

「……跟優莉教的一樣……」

雖然沒有聽清楚這傢伙在嘀嘀咕咕些什麼，但種事無關緊要。

被人小看成這樣還退縮，就是男人的恥辱。

就算是我，也有最低限度的自尊心啊。

「看我輕鬆壓制妳。別說什麼小拇指了，要比就用整隻手來比啊！」

「可以嗎？真的會受傷喔？」

「要比就用小拇指來比啊！」

然後現在，我最低限度的自尊心也碎一地了。

「嗯，那就來吧～」

我抓住蕾琪的小拇指。

纖細的手指，小巧到一旦握住就會整根沒入掌中。

一般來說，這個畫面怎麼看都像是一個大男人，欺負一名惹人憐愛的少女。

但對手是「勇者」蕾琪，一開始就要用全力應戰……！

「你可以用自己的節奏開始。」

「知道了——我要上嘍！」

間不容髮之際，我將全身重量加壓在手臂上，試圖扳倒她的手臂。

我的二頭肌隆起，手臂上的青筋暴露。

這毫無疑問是現今的我所使出全力的一擊。

只不過，蕾琪文風不動。

「呵呵，你拚命努力的樣子好可愛。」

蕾琪笑著說道的瞬間，我的視野一百八十度翻轉了。

「……咦？」

「好，是我贏了。」

回過神來，我已經仰躺在床上了。

蕾琪開心地笑著，跨坐在我的下腹部上。

「……慘敗了。啊～事實就這樣擺在眼前，還真難受啊。」

「要比力氣就會這樣。然而戰鬥不是只看力量分勝負，所以你不用氣餒。」

蕾琪拍拍我的頭說。

就像從前我對她做的那樣。

……讓我再一次認知到，她已經不再是一味被我保護的女孩了。

「說是這樣說，但敗北就是敗北。懲罰遊戲是吉恩要接受我的拷問。」

「……呃？」

無視於我還糊里糊塗的，蕾琪宛如要夾住我的臉頰一般，將雙手撐在床上，似乎不打算讓我逃走。

翠綠的眼眸筆直地看向我。

「吉恩，為什麼你現在都不跟我一起睡了？明明旅行途中，你還願意躺在我旁邊……」

「嘎？」

我不小心發出怪叫。

那不是當然的嗎？因為蕾琪的身體順利成長得很有女人味，讓我在各種感受上都要承受不了。

我絕對不是什麼性慾全無的聖人君子啊。

我認為連睡覺的時候都貼在一起，在精神衛生上對彼此都不太好，因此才決定睡覺的地方要分開來。

……哎，這麼丟臉的事情，我怎麼可能會老實地說出來呢？

「那、那是因為……蕾琪也到了一定歲數了不是嗎？我想說被優莉她們看見我們一起睡覺，妳應該會很難為情才對。」

「沒什麼好難為情的。所以今天我們一起睡吧。」

「還有別的原因！要是一對年輕男女躺在同一張床上果然……不是嗎？我可是個男人，不知道什麼時候會襲擊妳喔……」

「意思是說，吉恩把我當成女人看待了？」

「不、不是這個意思……」

「那就沒問題了，今晚開始一起睡吧。」

「對不起啦。蕾琪慢慢長大了，讓我開始覺得妳很可愛。我擔心這樣會很危險，因此才遠離妳。請妳原諒我。」

我雙手合十擺在臉前，做出賠罪的姿勢。

為什麼……為什麼我會被迫招供自己的性癖好……？

這幾乎等於告訴她「我都用那種眼光在看待妳」了。

面對向自己求婚的女孩子，我到底在……咦？這樣該不會沒什麼問題吧……？

「嗯，原諒你。」

猶如肯定我的想法一般，蕾琪原諒了我。

太好了……沒有被她討厭……

沒有演變成我害怕的最糟狀況，使我放心地呼了一口氣。

「蕾琪，謝謝唔……？」

但是那樣的放心只有一瞬間。

彷彿要打斷我說話一般，她堵住了我的嘴唇。

柔軟的觸感貼了上來，彼此的雙唇幾乎忘記呼吸般地重疊在一起。

「……終於、終於說了。你終於清楚說出來，不是把我看作妹妹，而是當成異性看待了。」

無視於頓時語塞的我，蕾琪抬起臉，露出滿足的表情，用手指撫過自己的嘴唇。

「我終於可以從妹妹的身分畢業了，好高興。這樣我就能站在吉恩的身旁，而不是走在後頭。無論在力量上、精神上、立場上都是。既然都知道這些了——現在我就先放過你吧。」

蕾琪如此說道並露出了微笑，那是至今為止我覺得最美麗的笑容。

◇◇◇◇◇

接受彼此的告白而身體火燙的我們，為了喝點東西，回到了起居室。

我們一瞬間喝完飲料，放下空空如也的杯子。

秒針滴答作響，報出時間。

平常未曾留意的聲響之所以聽起來莫名大聲，是因為我們身處安靜的氛圍之中。

「「…………」」

若要用一句話來詮釋——現在超級尷尬。

但是這種感覺並不討厭。

感覺就像……第一次接吻所以很害羞，交織著羞怯與喜悅，令人難以言喻的心情。

「…………」

我偷看了蕾琪一眼，她似乎也在窺探我的樣子，因此我們四目交接，隨即又撇開了臉。

儘管方才接吻時散發著成熟的氛圍，但她在精神上果然仍顯得有些稚氣。

知道蕾琪一直在逞強努力著，總覺得她很可愛，這個事實也讓我很高興。

平常她的表情變化很稀少，但此時此刻，各種情愫應該在她心中橫衝直撞著吧。
畢竟連我都覺得不真實了，蕾琪自然更不用說。
我打算在她習慣以前持續等待，因此沒有特意作出動作，表現得不疾不徐。
「我回來了～……哎呀？兩位該不會已經跨過那條線了？」
「累死我了～吉恩，慰勞我一下……咦？這是什麼氛圍？」
優莉與琉希卡同時回到家，一看到我們的樣子便面露訝異的表情。
我只好代替因為緊張而僵住的蕾琪說明情況。
「哈哈哈……總之跟優莉還有琉希卡是一樣的狀況啦。」
「喔，原來如此～原來蕾琪也有與年齡相符的一面呀～」
「居然趁我不在時……不過對充滿少女心的蕾琪小姐來說，算是很努力了啦。」
「嗚～……」
兩人搓弄著蕾琪的頭髮。
而蕾琪也沒有做出反抗，只是紅著臉低下頭。
她的頭低垂得都要陷入桌面了。
糟糕糟糕糟糕糟糕，桌子發出碎裂聲了……！
「唔～……！」

「啊。」

「蕾琪？」

伴隨著巨大的破裂聲響，桌子裂成了兩半。

蕾琪的頭陷入地板中，讓優莉啞口無言。

「哈哈哈，『勇者』的力量好像暴走了。」

儘管最近比較少見，不過以前蕾琪常常會控制不好力量，不小心弄壞東西。

恐怕是因為琉希卡與優莉的捉弄，讓她的羞怯勝過一切了吧。

「唔咕咕～……陷得比想像的還深，拔不出來……！」

「哈哈，優莉沒什麼力氣嘛，讓我來吧。蕾琪，妳可以忍一下嗎？」

「吉恩不行！」

「呃，為什麼？」

「……被你直接摸到腳，感覺很害羞……」

親嘴就不害羞嗎？但我要是這樣講，就是完全不懂少女心的笨蛋了。

方才的告白果然是蕾琪鼓足勇氣，才得以將多年來的心意毫不掩飾地告訴我。

以前我的確忽視了蕾琪的話。不過既然我已經得知她的心意，就不能糟蹋它。

……既然如此，能夠處理這個狀況的，唯有看到蕾琪罕見的模樣而心情大好的琉希卡

了。

「哎呀～看妳那麼幹勁十足，到頭來果然還是個小孩嘛。嗯嗯，天真爛漫也未嘗不好啊。」

「超愛吉恩經歷不到三年的琉希卡（窩囊廢）怎麼可能懂我的心情？給我閉嘴。」

「一顆頭陷在地板還講那種話，一點也不可怕唷。這樣好嗎？我可以就這樣不管妳哦。」

「妳要是敢不管，暴走狀態的我就會自力強行脫困——妳想讓房子倒塌嗎？妳未來的公公跟婆婆會很傷心唷。」

「這種威脅法會不會太嶄新了？」

面對蕾琪新穎的威脅，琉希卡嘆了口氣，取出一根木製的小魔杖。

「別生氣啦。我會幫妳把桌子一起修好的。」

「……嗯，拜託了。」

呼～……這樣就解決一件事了。

之後只要不讓人看到這幕場景就完美……了才對。

「我們回來了！哈、哈、哈！今天要開宴會啦！老爸我可是卯足了全力啊！」

「啊～沒想到吉恩會帶三個新娘子回家，媽媽我好高興……你們吵架了？」

興高采烈回到家的父母臉上的笑容消失了。

撞見這個慘狀，會如此誤解也在所難免。

插在地板上的蕾琪、拿著魔杖接近蕾琪的琉希卡，以及喘著氣坐在地上的優莉。

不過我們幾個的感情非常要好。

「父親大人、母親大人，對不起，我們太吵鬧了。我馬上收拾乾淨，可以請兩位在外頭稍候嗎？」

不對啦，琉希卡！呃，就說明上來說好像也沒有不對……！

但倘若解釋得不夠詳盡，「收拾」聽起來就像是「要處理掉蕾琪」的意思啊！

「該、該不會妳們三個的感情不太好……？」

「沒那回事。我們可是一路走來同甘共苦的夥伴，感情非～常地好！對吧，蕾琪？琉希卡小姐？」

「嗯，她們兩個是我在世上無可取代、重要的好朋友。」

蕾琪說著，張開唯一還能自由動彈的雙腳，伸到她們面前。

或許是洞悉了她的意圖，優莉與琉希卡就像在握手一般，握住蕾琪的腳。

就算想表現妳們感情良好，也不至於變成這種畫面吧……？

不對，這似乎反而讓她們看起來更要好了……？

「原來如此呀～蕾琪也交到新朋友了，太好了呢。」

「這樣啊，那我就放心了。」

「對啊，阿姨、叔叔。」

好像度過這關了。

蕾琪過去曾遭受親生父母惡劣對待，後來在我們家被當成親生女兒般扶養長大。

多虧如此，我爸媽很寵愛她，下意識就相信了她的說法，真是幫了大忙……

「啊，現在要叫爸爸媽媽會比較好嗎？」

「哪個都行哦～妳真的要當吉恩的新娘了……阿姨我好高興喔。」

「不是只有蕾琪唷，母親大人。」

「我們也會作為吉恩的妻子好好努力的。」

「呵呵呵，這樣啊。但吉恩只能跟一個人結婚才對吧……這樣沒問題嗎？」

「當然，那件事已經解決了。容我等一下向兩位說明。」

「哎呀呀，真是可靠呢。」

「大家都好漂亮，既聰明又可靠……嫁給我們家的小伙子也太浪費了。吉恩，可別被人家拋棄了啊。」

「我們家的兒子就拜託妳們了。」

「放心，我們不可能拋棄吉恩的。」

「沒錯！我會努力加油，讓母親大人您早日看到孫子！」

「雖然身為長壽的精靈，但我可以發誓，自己人生中唯一的伴侶就是他了。」

除了我之外，眾人全都哈哈哈地一同歡笑。

……總之先把蕾琪從地板拉出來以後再來聊如何？

此刻的氣氛讓我說不出這句話。就這樣，大家都跟我的父母打過照面了。

◇◇◇◇◇

見過父母，也向國王報告過討伐魔王的事情。

眼下該做的事全都完成了。

……不對，還有一件重要的職責還沒履行。

總之死板的公事算是辦完了。

既然如此，沒有理由不慶祝這個可喜可賀的日子。

「為我的兒子吉恩與蕾琪、優莉、琉希卡的喜事、吉恩・蓋斯特男爵的誕生！以及成功討伐可憎的魔王——乾杯～！」

「「「乾杯～！」」」

隨著老爸號令一下，村裡的眾人同時高高舉起斟滿的酒杯。

印象中，我從沒看過如此歡騰的家鄉。

五顏六色的沙拉、金黃色的烤全雞、辛香料入味的烤肉串，以及取自山野的炒蔬菜……餐桌上擺滿各式各樣的料理。

酒水是高級品，辛香料也絕非便宜貨。

之所以會如此豪華，是因為這些是我們在王都採買回來的。

只要有琉希卡的魔法，移動便只需一瞬間。

既然是如此難得的宴會，我們隊伍的成員理所當然地一致希望將它變成更美好的回憶。

順帶一提，那之後她們是這樣對父母說明的——

「我們私底下獲得了國王的同意，所以在不久的將來，國王會冊封吉恩男爵的爵位，以這個村莊為中心的周邊領地也會賜予吉恩。今後他將會被視為貴族看待。」

「考慮到吉恩先生身為討伐魔王的團隊一員，以及他過往活躍的功績，這算是相當適切的報酬。這座領地周圍受到森林環繞，是個交通不便的地方，所以沒有什麼反彈的聲浪。」

「況且還有我們在，其他貴族也不敢輕易出手。」

「因此還請安心將村長的使命交給吉恩……」

「然後請把兒子交給我們吧。」

「耶～咿～」

——她們以這種調調，把事情交代完了。

還真是讓人信賴的新娘們啊。

……對，可靠過頭了，我到現在都只能任由她們擺布。

「……怎麼了，吉恩？肚子痛嗎？」

「呃，不是那樣啦。」

「那你要吃這個嗎？很好吃哦。」

蕾琪兩手都拿著串燒。她把其中一支交給我。

「你喝醉了嗎？我可以照顧你唷。」

優莉看似擔心地用手慢慢輕撫我的背。

「不可以逞強。要吃藥的話，我有以前調配好的藥劑，你能吃嗎？」

琉希卡恢復嚴肅的表情，拿出水跟配好的藥給我。

這些出色的女孩們各有各的魅力，且頗具性格，就算與她們相處三年也絲毫不會厭煩，會讓人想要一直與她們在一起。

被那樣的她們所追求，我的回答當然早已決定。

我願意接受。

被傾注那麼深厚的「好感」，有男人能不心動嗎？

我也要讓她們看看我男子漢的一面。

「沒事啦，我沒有不舒服……妳們可以跟我來一下嗎？」

三人都沒有面露一絲不快，什麼也沒問，跟著我走一遭。

我們遠離喧囂，來到我的房間。

我用手示意她們坐下，大家便到床上就坐。

「……所以呢？找我們來有什麼事，吉恩？」

率先開啟話題的是琉希卡。

她應該已經察覺我的想法了吧。因為昨晚在我昏倒之前，我只有告訴過她——以前說的都是誤會。

……既然事情發展至此，我非得下定決心不可。

為了不讓蕾琪孤身一人，我甚至做好覺悟面對死亡，決意與她踏上旅程。這次就像那天一樣。

今天也是我人生中嶄新的篇章。

我拍了拍兩頰，振作精神。

「首先，我想先道歉……優莉所說的，我以前對妳求婚時的台詞……其實沒有包含對異性的好感。」

聞言，優莉擺出不明所以的表情。

「蕾琪也是……我想起來了。關於討伐魔王前提到的那個約定，是指小時候的婚約吧……抱歉，當時我不知道蕾琪對我的心意有多深，就直接回答妳了。」

蕾琪也做出了跟優莉雷同的反應。

她們在生氣嗎？或者是感到悲傷呢？

清楚表達了我的想法之後——

無論她們對我有多少斥責，我都會接受。

「然而隨著戰爭結束，用不同於以往的立場跟大家互動……我開始把妳們當成異性看待了。我一直在想，要是我們這個小隊可以圍繞餐桌一同歡笑，共享彼此的回憶，至死都生活在一起，那該有多好……！」

我將額頭抵在地板上，盡可能地展現誠意。

「我絕對會讓妳們幸福……蕾琪、優莉、琉希卡，妳們對我來說很重要，重要到無法區分上下！所以說，如果妳們願意接受我這種人……請跟我結婚吧！」

我清楚表達心意了……

我單方面地接受了她們的感情，卻沒有正式回應過她們的心意。

縱使一直沒有談及此事，就那樣迎來婚禮，她們三人也會容許我吧。

但是不去面對蕾琪、優莉、琉希卡三人的心情，這樣的做法未免太狡猾了。

是以我才會採取行動，像這樣將自己的心情傳達給她們三人。

「…………」

在我吶喊過後，寂靜更加沉重地壓迫在身上。

而打破這個沉悶氣氛的，是她們三人按捺不住脫口而出的笑聲。

……咦？為什麼？

「妳、妳們兩個為什麼要笑？我可是做了很過分的事……」

「啊哈哈，對不起！看吉恩先生正經八百的，我還以為要說什麼呢……」

「你說的我早就知道了。可別小看我整整十年的超愛吉恩經歷哦。」

「況且我事先也就叮嚀過『告白以前要留心』了。」

蕾琪下了床蹲下來，用手指點了點我的額頭。

「……把我們的約定忘掉確實很過分。扣分。」

「嗚……我很慚愧。」

「很好……不過扣掉那點，在我心裡的吉恩還是一百分滿分。我們一起生活所累積的

『愛意』才不會因為這點小事冷卻呢。」

蕾琪莞爾一笑，緊緊抱住了我的頭。

「確定要離開這個村子的時候，吉恩說要跟我一起去，當時我真的很高興。總是將溫暖注入我心裡的就是你哦，吉恩。」

「我也一樣。吉恩先生的話語，將我的心從深邃的海底打撈救出——這個事實永遠不會改變。」

不僅蕾琪，優莉也露出與「聖女」之名相符的笑容，摸了摸我的頭。

「所以回答早在喜歡上你的那天就決定好了。」

最後，為了使我向前邁進，讓我不再低頭，琉希卡將我的頭抬了起來。

「「「我願意。」」」

「……謝謝……謝謝妳們……！」

謝謝妳們願意接受這樣的我。

我發誓，自己今後的人生，都將為我所愛的人們所用。

她們用笑容回應了我。我則一邊流著淚，一邊不停地道謝。

「吉恩的眼淚把我的衣服弄得濕答答了。」

「抱、抱歉……！我會買新的給妳……！」

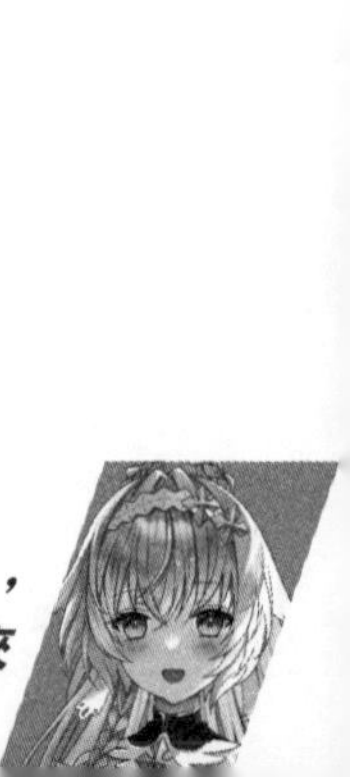

「呵呵，我還是第一次看到吉恩先生哭的樣子呢。」

「畢竟吉恩不管在多麼艱難的狀況下都不曾示弱啊。讓我們看見這寶貴的畫面，也能算是愛的證明吧？」

「……太感動都會哭吧？一般來說。」

「啊，鬧彆扭了。好難得。」

「哈哈哈。再繼續捉弄下去會更鬧彆扭，我們換個話題吧。」

眾人之中最成熟的琉希卡幫我說話了。

而對他人的情緒相當敏銳的優莉，也順從了琉希卡的提案。

「不過我們的婚禮真的要辦在王城對吧！這其實是我的夢想呢！」

「沒想到我也能穿上婚紗……故鄉的人可能會說『要發生天災了』吧。」

「我可是一直都打算跟吉恩結婚唷。」

「哈哈，我也越來越期待了。」

我們將會受到人們祝福，走上鋪設在王城的紅毯。

我從沒穿過禮服，難免會擔心適不適合自己。

在婚禮之前得維持好體型才行啊。

大家似乎會各自選擇服裝。她們的華麗打扮，想必會讓我一飽眼福吧。

話說回來……

「入場的順序該怎麼決定？因為沒什麼先例，我們應該能自由決定就是了……」

我想像了到時會在我身邊的人物，不小心脫口說出心中的問題。

結果大家突然哧哧地笑了出來。

「吉恩真會開玩笑。」

「考慮到目前為止的功績，只有一個人呀。」

「沒錯，吉恩。在眾人關注之下，誰最適合站在你旁邊，這連想都不用想吧。」

「當然是我先。」

「當然是我先呀。」

「不就是我先嗎？」

「「「…………」」」

「「「……啊？」」」

哦～……當女生有了無法讓步的東西時，原來會露出這麼可怕的表情啊。

剛學到新事物的我為了阻止爭執，做好會遍體鱗傷的覺悟，跳入開始詠唱魔法的三人之中。

「呵呵，吉恩先生真可愛。」

吉恩躺在床上。優莉撫摸著他的頭髮。

儘管全身被繃帶所包裹，但他並非陷入長眠。

只是稍微被捲進魔法裡而負傷罷了。

治療完成後，不擅長「恢復魔法」的蕾琪說：「我也要做點什麼。」於是把繃帶纏了又纏。最終，吉恩除了顏面之外都被層層纏繞起來了。

勇敢的他拚上生命來阻止我們吵架，此刻正呼呼大睡著。

「哎呀～明明平常看起來正氣凜然，睡覺時卻像個小孩呢。」

「對呀，真的跟個小孩一樣……小孩……」

「嗯？妳怎麼了？」

「我的母愛被激發出來了。讓他吸奶會比較好嗎？」

「妳一年四季都在發情嗎？」

拯救世界之後，夥伴嬉鬧的樣子著實讓人苦惱。

如果只看外表，優莉誠然是一名楚楚動人的女孩子，十個人見到她的話，十個人都會這麼說吧。

連髮梢都如此美麗。那晶瑩剔透的眼眸，甚至連女人都會為之入迷。

然而無關乎外表，一開口就是這種話。

女神到底是被優莉的哪一點給吸引，才會授予她「聖女」的加護呢？真想問問看啊。

「太失禮了吧？這是吉恩先生限定的。」

「妳就不能停止四季都在發情嗎？都已經跟吉恩在一起三年了。」

「雖然我年紀比較小，不過這些快滿溢出來的母愛，就用扮演吉恩先生的媽媽來發洩一下好了……」

「給我回去教會淨化一下吧，發情魔。」

……哎呀，不行不行。

不小心就口出惡言了。

在吉恩面前可罵不出口，不然會被討厭吧，得多注意才行。

「嗯？妳們兩個在說什麼？」

正當我跟優莉鬥嘴時，蕾琪小解過後回來了。

「喔，我們只是稍微談了一下優莉有多變態。」

「什麼嘛，原來是那種事喔。」

「蕾琪對我的態度也差不多糟耶。」

似乎是對蕾琪的反應感到意外，優莉鼓起臉頰。

現在才想到要裝回可愛的樣子已經太遲了。

再說，妳在吉恩看不到的地方展現小心機，也沒什麼意義吧。

「唉～……這也是沒辦法的啊。我從以前就聽著大人們千奇百怪又重口味的懺悔，性癖好會扭曲也是理所當然的。」

「就算妳講得好像某種可悲怪物的誕生祕辛……」

「也一點都不感動人心。」

「真是的！妳們實在太過分了！能安慰我的果然只有吉恩先咕呃……！」

「才不會讓妳得逞呢。」

優莉趁著話題走向想趁勢抱緊吉恩。此時蕾琪抓住優莉的脖子，讓她坐到自己身旁。

面對她的怪力，即使是優莉也抵抗不了。

因為喉嚨受到壓迫而不停咳嗽的優莉，以埋怨的眼神瞪向我們。

「只有一下下有什麼關係嘛！」

「不行，一下下也不行。」

「討厭討厭討厭討厭！」

「優莉剛加入隊伍的時候明明不是這麼怪的小孩。根本是變了個人呢。」

「……沒錯。我們都因為吉恩先生而瘋狂了。」

「別突然冷靜下來好嗎……但妳想說的我也能理解。」

與吉恩相識，讓我原本快要放棄的結婚念頭再次點燃了希望，甚至逐步邁向婚姻（終點）。

每天的充實感，也是因為我在與吉恩相處的時間中獲得了新的樂趣。

如此一想，人生因為吉恩而改變的人，光是這裡就有三人。

「我突然想到……吉恩絕對還有攻下其他女生的心吧。」

「跟我們旅行到途中的還有龍人族的芙勞莉雅、獸人族的露緹。另外……不死族的莉莉舒娜也算吧。」

「……仔細想想，能讓魔王軍的幹部（莉莉舒娜）倒戈，也算是個特例了。」

「吉恩先生天生就很吃得開嘛。我想不只女人，或許也有男人喜歡他吧。」

「……說到男人不是有一個嗎？那個麻煩的傢伙。」

眾人腦中浮現的人物想必跟我一樣吧。

只見她們露出了「啊～對耶」的表情。

「況且還跟待人隨興的吉恩先生交情良好，難分難捨呢～」

「……哎，倒也不是什麼壞人就是了。」

「雖然感覺會反對我們結婚呢……」

「哈哈哈，那個場面不難想像哦。」

「到時候我會用拳頭讓他安靜的，妳們放心吧。」

「嗯，蕾琪就是問題的原因吧？不可以動手唷。」

我完全同意優莉的話。妳知道自己已經訴諸暴力幾次了嗎？

蕾琪要不是「勇者」的話，可能早就被處刑了吧。

對方的地位可是超級位高權重啊。

「……總之，一旦討伐魔王成功的消息傳出去，他們各自就會藉著祝賀之類的名目造訪了吧。」

「畢竟都是一族之長，立場上無非肩負著重責大任嘛。」

「也就是說，他們會來跟吉恩見面吧。」

「……唯有婚禮，絕不會讓他們阻撓。」

「絕對要守下來。」

「沒錯，吉恩先生的第一次是我們的。」

「「…………」」

「我是說第一次的婚禮唷。吉恩先生接受的話，我是不會阻止他們後來嫁過來的。所以妳們可以不要用輕蔑的眼神看我嗎？」

雖然到頭來目的差點有所動搖，但我們最終抱有相同的意志。於是我們互相頷首，以示確認。

深化團結的我們，和樂融融地各自鑽進了吉恩的被窩。

Life Sub-2

Yuusha Party wo KUBI ni natta node Kokyou ni Kaettara, MEMBER ZENIN ga TSUITEKITA n daga

統率著威脅和平、威脅人類的魔物，其王者之城池——魔王城。

「勇者」蕾琪與「聖女」優莉闖入其中，是我等近日的回憶。

我（希娜）——希娜·拉呂埃勒，聽聞部下的某個報告，於是闖入身為魔王的父王房內。

「父王！父王……！這到底是怎麼回事！」

我猛然打開門扉，便看到父王拚命地將金塊塞進箱子的身姿。

以前明明如此八面威風，總是散發著不祥的氣場，這副個不中用的模樣究竟是怎麼了？

勇猛強悍、筆直朝天的雙角，現在反倒彬彬有禮地彎向地面。

英勇威猛的落腮鬍被剃掉，曾經銳利的眼神也垂了下來，父王的表情就像個渾身肌肉的老好人……

「哦～希娜。其實吾聽說勇者小姐他們近期要結婚了，所以在準備賀禮……」

「這一切都太奇怪了吧？父王！請回想起我等的使命呀！您曾經那麼熱情地高談闊論不是嗎？」

最讓人無法接受的是父王的衣著。曾猶如深淵般的漆黑，現在被漂洗成不帶任何汙點的純白了……！

啊……曾用「此為吾之驕傲」一語帶過附著在盔甲上的血跡，那樣的父王如今已不復存在……

「……希娜，忘了那些吧。」

「父王……？」

「征服世界是吾不堪的歷史。吾等應當攜手合作，互相支持，共生共存才行啊。」

「您、您在說什麼……？」

真是難以置信……共存？之前明明信誓旦旦揚言要「征服！再征服！」日夜都在推敲著作戰……

全是那些傢伙的錯……

在那些傢伙出現之前，魔族原本占盡優勢。

「勇者」一行人卻行使著被神賦予的神聖力量，不斷打倒我等同胞。

最終來到魔王城的勇者們與父王對決，然後父王就被……淨化成這副德性了……！

自古以來，魔族之間有個關於「勇者」的傳說——

沐浴神聖之光者，心中之汙穢將消失殆盡，此魔終將逝矣。

而父王的現狀，正如同傳說所述之貌。

父王身為魔王的殘忍作風，一直以來受到眾魔族所景仰，如今卻消失無蹤了。這個樣子簡直與人類毫無兩樣不是嗎……！

「夠了！既然如此，希娜就代替父王毀滅人類——」

「——希娜。」

那是會震人肺腑的低沉嗓音。

是父王在震怒時才會發出的聲音。希娜頓時變得臉色鐵青。

「汝若不聽話……吾就把汝房裡的書桌從右邊數過來第三個抽屜裡，隱藏隔層下藏著的人類出版的言情小說給丟掉。」

「為為為為……！為什麼您會知道……！」

「吾一清二楚……汝想征服世界的理由，是為了讓人類撰寫以自己為主角的戀愛故事吧？」

「咿呀啊啊啊啊啊！」

「咕呼……？」

回過神來之際，父王已被我撂倒了。

他在空中轉呀轉地迴旋著，最後重重摔落到地板上。

「啊！對不起父王！但、但是，這是大肆公開少女祕密的人不對！就算是父王，也有可以說的事跟不能說的事……」

「呵呵……女兒健康成長茁壯，吾亦十分歡喜。」

父王擦去嘴角淌出的鮮血，露出至今不曾見過的柔和表情向我說道：

「只要與人類友好相處，就能簡單取得希娜愛讀的戀愛小說了。所以，吾等就停止互相爭鬥吧——」

「如果做得到，就不用那麼辛苦了！」

「……希娜。」

我等至今花了多少年月與人類戰爭？

我等的未來，只剩下戰到其中一方毀滅一途而已……父王不也如此說過嗎？

「……知道了。請交給我吧，父王。」

我擦去流下的淚珠，抬起臉來。

「希娜將代替父王前去消滅人類！絕對會讓狡詐殘暴的父王清醒過來……！」

「啊，且慢！希娜！」

我斷然無視父王的制止，飛出魔王城。

給我等著吧，人類……！就由我來將你們推入恐懼的深淵！

◇◇◇◇◇

「唉～……走掉了……」

目睹銀髮的女兒拍動雙翼飛離此地的背影，魔王嘆息不已。

足有成年人類三倍大的背影，此刻飄散著一名父親的哀愁。

「……帕魯卡。」

「是，魔王陛下。您呼喚我嗎？」

魔王拍了拍手，隨即便有名魅魔以單膝下跪的姿勢現身。

她身穿燕尾服，不露出一寸肌膚。以基本全裸的魅魔來說，她的穿著相當稀有。

「汝就以希娜的照顧者身分追上去吧。常年陪伴在希娜身邊的汝應當知曉吧？那個……希娜她……」

「……大小姐的學業成績的確不甚良好，相對地卻擁有戰鬥的才能。」

「或許大腦絕大部分都用在戰鬥方面了……」

她的「大小姐口吻」也是因為「這樣聽起來會比較聰明」才開始使用的。

如果只有這樣倒還好。

只是個傻子的話還有辦法處理……魔王抱頭苦惱著。

「再加上魔王陛下呵護養育，切斷與外界的接觸，結果……大小姐變成一個很好糊弄的人了。」

「……為人單純是件好事，無妨。希娜今後會與人類有更多接觸，應該也會有所成長吧。」

「…………」

即使聽聞自己的君主，也就是魔王的這番發言，帕魯卡也不覺得憤怒。

魔王軍幹部盡數葬送在「勇者」手裡，活下來的只有沒有踏上戰場的她，以及在戰爭中叛逃的另一名幹部。

既然魔王已然敗北，即使出征反擊，也只有枉死的未來等著自己。

那麼想賭在次世代的希娜身上，也是合理的結論。

「身為魅魔的帕魯卡應該對人類相當了解吧。吾拜託汝去輔助希娜，讓事情不要發展到最壞的狀況。」

這裡指的最壞的狀況，指的是「失去希娜」或「對人類造成損害」。

「悉聽尊便，準備完成後便會立即前往。我已經掌握希娜大小姐有可能前往的地點了。」

「真不愧是帕魯卡。且問地點是？」

「想必是王都吧。那裡的書店有販賣許多大小姐最愛的戀愛小說。以前大小姐自言自語時，不小心曾說過想去看看。」

「…………」

魔王開始擔心起來——希娜真的有打算要消滅人類嗎？

Life 1-3 求婚後的生活

昨晚，我表明了心意，也知曉了大家的真心。
天亮後我們起床，圍坐在餐桌邊。
老爸與老媽先行吃完早飯，決定去睡回籠覺。
現在剛好只有我們在，因此我開啟了話題，提出此刻最應該改善的問題。
「我覺得如果要在這裡生活，應該要來蓋一棟屬於我們的房子。」
聞言，三人的視線聚集到我身上。
蕾琪舔掉沾在嘴角的果醬，提出了一個單純的意見。
「為什麼？我覺現在這樣就很好了。」
「因為被爸媽看到我們一起睡覺的樣子會很害臊啦！」
我不禁「咚」地敲了桌面說道。
對，又被看到了。
她們三個抱著我睡覺的畫面，被老媽他們給……

而且不知道為什麼，蕾琪、優莉與琉希卡的衣襟都敞開著！
為什麼？妳們幾個以前睡相沒有那麼糟糕吧！
被父母用賊笑的表情體諒的感覺，妳們知道有多難受嗎……！
「話說回來。妳們是什麼時候鑽進我的被窩裡的啊……？」
「是優莉慫恿我們做的。」
「啥？蕾琪妳出賣我！不是大家和樂融融鑽進去的嗎！我們同罪！同罪啦！」
「妳居然認罪了……」
「妳們兩個冷靜下來吧，太吵了會給人添麻煩不是嗎？」
「就算叫我們冷靜，琉希卡自己不是也做了壞事嗎？」
三人看起來都沒有要反省的樣子。
……不，這倒是無所謂。我能被女生包圍著睡覺，也算是心滿意足了。
問題在於這樣會讓老爸他們顧慮我們。
「如此這般。今天起我想蓋一棟我們幾個生活的房子。」
「當然沒問題，那麼我來畫個簡單的設計圖吧。」
「畢竟我們總有一天還是會需要自己的愛巢，我也來幫忙吧。」
「的確呢。如果考慮到將來，也需要兒童房吧。」

「只交給妳們兩個，讓我開始擔心起來了……」

不巧的是，我並沒有關於設計的知識。

說真的也不需要多麼氣派的房子，我覺得房子的大小只要生活上不會有所不便就算是堪用了……

不過既然她們已經卯足幹勁，我再多嘴也不太好吧。

畢竟我們已經確定要結婚了……接受妻子的各種樣貌也是丈夫的職責。

「那也要導入玩那種『遊戲』的專用房間……啊，口水不小心流出來了。」

「這樣浴缸也要一併放進去才行……嗯？身體熱起來了……」

對……無論哪一面我都接受……！

「吉恩，你在咬嘴唇耶，怎麼了？」

「沒事，只是稍微跟自己的本能戰鬥了一下而已。」

「喔～……我吃飽了，多謝款待。」

「妳吃飽了嗎？」

「嗯。我想到一件想要做的事，要去一趟森林。」

「這樣啊。要小心喔。」

「沒問題，魔物會自己逃走的。」

她的回應可靠得有些超常。我的新娘真是厲害。
就連魔物也能理解「程度」的差異。
蕾琪是擊敗魔王且身經百戰的戰士。面對她的氣場，魔物也會立刻夾起尾巴逃回家吧。
「我出門了。」
「路上小心。」
蕾琪揮了揮手，出門了。
我還在想她看起來相當有幹勁——結果附近突然傳出巨大的聲響。
須臾之間，地面也跟著晃動。
我導出的結論只有一個。
「……好，就當作什麼都沒聽到吧。」
我停止思考，逃避現實。
話雖如此，加入優莉與琉希卡的對話也不太對。
「其實我……時不時會起心動念……我想要當當看椅子。因為吉恩先生平常很溫柔，我想被他用厭惡的表情看著，然後請他坐在我身上。」
「優莉原來喜歡那種的啊。我的話反而想試試看讓吉恩徹底地寵愛我，寵到我整個人都融化……」

因為——我也想逃避她們的對話。

為什麼會從蓋房子聊到色色的東西上啊？

然後我絕對會被牽扯進去，因為我的名字都出現在對話中了。

「呼～……」

……優莉跟琉希卡還真調皮。

這應該是因為確定要結婚了，在歡鬧而已吧。

可以窺探到她們在冒險途中所看不到的真實一面，讓我有點高興。

——若不這樣想就聽不下去了。

……沒問題，我能接受的。

無論她們兩個有多麼特殊的性癖好，身為她們的未婚夫，我依然會給予她們尊重。

「……嗯，空氣真新鮮啊。」

不過今天還請讓我稍作休息。

從早上開始，我的胃就像被緊緊捆著一樣，拜託讓我休息。

「好奇怪……這跟我想像的新婚生活不一樣啊……」

為了尋求一個得以安寧的地方，我晃啊晃地逃往庭院。

……對了，喝個茶好了。

我走過她們身邊。她們倆看都不看我一眼，持續進行猥褻的會議。我將手伸向存放著的茶葉。

「兒童房要蓋幾間才好？」

「假設一間房要睡兩個人……果然需要個十五間吧。」

「果然啊！」

真想質問她們到底在「果然」什麼。

「從我們與吉恩先生之間的愛有多深來思考，這也是理所當然的。不如說這樣還不太夠呢。」

「看來會變成相當大的工程呢。人手方面就由我來調配好了。」

我或許該擔心自己將來的性命了。

琉希卡似乎也不打算阻止，反而顯得興致盎然，所以就算我抱怨了也沒效吧。

……現在想破頭也沒用嘛，未來的我應該會努力吧。

「哈啊～真好喝。」

恰到好處的水溫，溫暖了我的胃。

我逃離家裡的地獄，在外頭悠哉地喝茶。此時蕾琪回來了。

「我回來了。」

「歡迎回來，蕾琪。妳看起來幹勁十足耶。」

「嗯，我心情很好哦。」

「這樣啊……是說妳肩膀上扛著『聖劍』是發生什麼事？有魔物出沒嗎？」

「不是，我拿它來砍樹。因為很鋒利，砍樹很方便。」

蕾琪說著提起「聖劍」，擺出用鋸子鋸木的動作。

「聖劍」也沒想到自己會被當成鋸子使用吧。

居然把打倒魔王的傳說級武器當成工具來用……

也許是心理作用，感覺它的鋒芒比平常還黯淡。「聖劍」的自尊心受損了嗎？沒事吧？

「之後別拿『聖劍』做這種事了。」

「咦～」

「不要『咦～』。這樣『聖劍』太可憐了不是嗎？」

「……嗯，吉恩這麼說的話就沒辦法了。下次我用手來砍吧。」

妳就沒有正常地使用適當的工具的想法嗎……？

不，以蕾琪的狀況來看，徒手反而比較方便吧。

否定她的性格或作法也不太好。

儘管把「聖劍」用在日常上對心臟不太好，希望她能自制一下，不過如果只是這點程

度，事後都還能補救。

「蕾琪要喝茶嗎？看妳好像很努力了，休息一下吧。」

「嗯，謝謝。」

我把剛泡好的茶倒入茶杯裡遞給她。

她坐入我的雙腿間，空間似乎剛好能容納她。

「……呼～真好喝。」

「那真是太好了。」

「……嗯。這樣的時光我盼望好久了。」

蕾琪依偎在我身上，前後晃動纖細的雙腳。

我偷看她的表情，感覺那份緊張感已然消散，現在似乎相當放鬆。

「……對啊，好像回到小時候一樣。」

我們聽著鳥兒的歌聲，感受時而吹拂的風，沐浴舒暖的陽光。

當我摸了摸她的頭，她就會磨蹭著頂回來。

鬆軟的觸感就這樣傳到手掌上。

「吉恩，幫我綁頭髮吧。」

「哈哈，妳今天還真會撒嬌耶。」

「我已經努力很久了。從今以後，我要把時間用在『蕾琪』，而非『勇者』身上。」

我一邊聽著她的決定，一邊用手指梳起她金色的髮絲。

……如此美麗的頭髮，再也不會被血給染髒了。

希望這樣的時光永遠都不會被奪去。

我暗自灌注祈禱，編起她的頭髮。

蕾琪一邊晃動身體，一邊等待完成。

「……好了。蕾琪，轉過來看我。」

「嗯。」

「……好，變可愛了。」

「吉恩，你說錯了。」

蕾琪用舌頭發出了嘖嘖嘖的聲音，並伸出食指揮了揮說道：

「我本來就很可愛，所以要說『變得世界第一可愛』才正確。」

她得意地笑著，這副模樣讓我不禁露出笑容。

「抱歉抱歉，是我錯了。蕾琪變得世界第一可愛嘍。」

「說『變成我喜歡的類型了』也行。」

「我不想說耶～」

「……唔，吉恩真不配合。」

「好啦好啦～別鼓起臉頰嘛。」

我用雙手夾住她的臉頰，鼓起的臉蛋發出「噗咻～」的聲音，消了下去。

我們就這樣互相凝視。於是我扮了個鬼臉給她看，蕾琪的肩膀頓時抖動起來。

「噗……不行……這樣犯規啦。你、你變成醜八怪了……」

「哈哈哈，變多醜了？」

「醜得跟魔王被淨化時的表情差不多。」

「我決定再也不扮鬼臉了。」

話說蕾琪即將擊敗魔王之際，原來在想這個喔……

她始終我行我素，很有自己的風格。

「嘿咻！」

蕾琪改變身體的方向，坐在我的腿上，接著抱了過來。

與那嬌小的身體比例不符的胸部壓在我身上，因而改變了形狀。

……如果是以前，我應該會把她給推開吧。

我一邊吟味著彼此關係的改變，同時也用不輸給蕾琪的力道用力環抱她的腰。

……好暖和，臂彎中的溫度令人憐愛。

我們之間毫無間隔，似乎能聽見蕾琪的心跳聲，彼此的距離就是如此緊密。

「嗯……我決定了，以後綁完頭髮之後都要抱一下，這是以後的日課。」

「以妳來說還真是溫和的要求耶。」

「……我看還是白天也要，晚上也要，沒事就抱一下吧。反正我就是任性嘛。」

「行啊，別客氣……反正我也想跟蕾琪做這些事啊。」

「吉恩好積極哦，真難得。」

「妳會討厭這樣的我嗎？」

「不會。無論是什麼樣的吉恩我都喜歡……我現在好幸福。」

或許是因為害羞吧，蕾琪說完便將臉埋進我的胸口。

她用額頭蹭來蹭去，隨即突然停止動作。

「……吉恩也是。」

「我也是？」

「……能娶到世界上第一可愛的我，吉恩也是幸福的傢伙。」

「……真的呢，就像妳說的。」

「我滿足了……吉恩。」

「怎麼了，蕾琪？」

「……呵呵，只是想叫看看而已。」

「……是喔？只是想叫看看而已啊。」

「嗯。」

蕾琪面帶笑容點了點頭，又繼續開始磨蹭。

「好了！到此為止！我感覺到親熱波動才來看一下，結果你們還真的玩得很開心嘛！」

「禁止偷跑！禁止偷跑！」

「那是什麼波動啦？」

優莉與琉希卡從房子裡面飛奔出來，旋即開始示威抗議。

在她們身上看不到「聖女」跟「賢者」的影子，兩人就像小孩一樣叫著「禁止！禁止！」

「……明明氣氛正好，結果被干擾了。」

蕾琪嘟起嘴唇，擺出不滿的表情。

這也是當然的。原本舒舒服服地放鬆，突然間卻被人鬧場，總會想要發個一兩句牢騷吧。

「居然說我們干擾……這樣有罪唷！有罪！」

「好了好了，冷靜一下。說起來也是因為妳們兩個不理我，自己聊得很起勁啊？」

「唔咕……這樣說也沒錯……」

「……所以呢？妳們的話題有進展嗎？」

「有的！我們得出結論了！果然『吉恩先生一邊在自己耳邊傾訴愛意，一邊擁抱著自己』的場景才是王道，才是至高無上啊！」

「妳們才有罪啦。」

我以略顯無奈的語氣回應道。

本以為優莉是更加淑女的人，感覺最近整個放開了。

這或許是因為眾人尋求著「聖女」這樣的偶像，到頭來使她過去壓抑的慾望滿溢而出吧。

不行不行，要是這樣就對她幻滅，不就跟只靠表象判斷他人的傢伙一樣了嗎？

……我可是能夠接受她們任何一面的丈夫啊。

只要想成「那是只會讓我看到的一面」就會覺得可愛了……大概吧。

「可是吉恩先生不會拋棄這樣的我吧？」

「……要是因為這樣就討厭妳，我就不會求婚了。」

「我好喜歡吉恩先生！」

「不行，不准妳出手。」

優莉瘋狂地吻了過來，氣勢猶如暴雨般猛烈，卻盡數皆被蕾琪用手擋了下來。

動作精湛到讓琉希卡拍手說道：

「果然論體術的話，感覺贏不了蕾琪呢。」

「當然。就算對手是吉恩，我也能讓他哀哀叫。」

「喂，蕾琪。講話不要跟優莉一樣啦。」

「咦？我的名字現在變成罵人的話了嗎？」

我想這是妳最近的作為所導致的吧。

以前她們總顯得有些客氣，現在卻像這樣縮短了與我的距離，讓我決定要主動一點。

「所以妳才會被叫成『性女』大人嘛。」

「琉希卡小姐，聖教會可是會生氣的唷。」

「君臨在最高處接受大家膜拜的傢伙，居然是這種充滿庸俗煩惱的人，大家會因為憤怒與悲傷而出大事吧。」

「感覺會演變成暴動呢。」

「請安心吧。我預計要在結婚後馬上隱居，不可能會暴露的。」

優莉雙手合十，露出一抹微笑。

她似乎有好好區分場合，讓我安心了。

感覺我們會一起抱著一顆不得了的炸彈生活……但既然要成為夫妻了，我就承受吧。

「……話題不小心偏了。優莉，把設計圖給吉恩看吧。」

「對哦。雖然猥褻是事實，但我們有好好完成唷。」

這麼說著的優莉攤開了繪有房屋格局的圖面。

……比想像中來得寬敞。況且就跟我在一旁聽到的一樣，兒童房多達十五間。

仰仗著年輕不知道能不能撐得過去？總而言之，體能訓練是不能馬虎了。

「這附近的木材資源很豐富，我覺得可以蓋得出很氣派的房子。」

「嗯，的確啦……但人手不是不夠嗎？」

「關於那點不用擔心，只要有這個就能解決了。」

琉希卡的掌心裡有八塊碎骨。

她將雙手「啪」地闔上，然後彷彿要將碎骨揉碎般搓動，被弄碎的骨頭碎屑隨即散落在大地上。

「【召喚（Summon）：狂骨龍人（Undead Dragon）】。」

語畢，魔法陣擴展在地面上，碎骨成長為八隻狂骨龍人。

身為魔物的牠們本來是理應打倒的對象，卻是琉希卡以黑碎骨為媒介所召喚出來的，因此隸屬於她的支配底下。

牠們全體列隊，向主人(琉希卡)單膝下跪。

「狂骨龍人感覺不到疲勞，智商也很高，能夠理解繁瑣的指示，應該很適合這種類型的工作吧。」

「嗯，真的幫了大忙了。謝謝妳，琉希卡。」

「呵呵，幫助丈夫是一個好妻子的責任呀。不用客氣。」

「……還有我在。我也有賢妻良母的素質哦。」

「那樣說來我也是。雖然之前都在胡鬧，但是我也會好好工作的！」

蕾琪與優莉分別拉扯我兩邊的袖子說。

兩人都不服輸，而且相當有幹勁。當然，我也一樣。

「好，既然決定了，就立刻來蓋房子吧──」

──咕嚕咕嚕咕嚕……

由於那道巨響，眾人的視線集中在同一個地方。

被眾人所凝視的蕾琪，有點害羞地用兩手蓋住自己的腹部。

「……為了讓我使出全力，首先吉恩應該煮飯給我吃。」

「哈哈哈，那我可要加把勁做飯了。」

「那我們就先來填飽肚子吧。」

「仔細想想，已經到這個時間了呢。對了，既然天氣也很好，我們在外頭用餐吧？」

「那我跟優莉負責料理，蕾琪跟琉希卡負責把餐桌之類的搬到外面。」

我一說完，大家便各自動身，完成自己的工作。

這個職務分擔與旅途期間相同，大家都俐落地完成了工作。

「優莉，不好意思，能幫我拿砧板進來嗎？現在應該放在外面晾乾才對。」

「我知道了！呃～砧板、砧板、砧……啊，琉希卡小姐～」

「等等，為什麼會叫到我？能讓我聽聽妳的理由嗎？」

「沒別的意思呀。只是因為琉希卡小姐附近有一套洗好的廚具而已……」

「……好吧，算了。」

「謝謝，砧板小姐。」

「妳果然是故意的！」

背後好像傳來了以上內容的吐槽。

「喂喂，捉弄人家也要適可而止哦。」

「好～吉恩先生這樣說的話我就照做～」

「……能讓我這麼煩躁的人就只有妳了呢，優莉。」

琉希卡的臉頰罕見地抽搐著。

即使如此，她依舊沒有動手，讓我再一次認知到琉希卡真的很成熟。

她嘆了口氣，回去幫勤奮工作著的蕾琪的忙。

「所以呢？你要做什麼樣的午飯給我吃？」

搬起餐桌的蕾琪以藏不住興奮的眼神看向我。

這下負責掌廚的我，可不能端出不上不下的料理了。

「嗯～～我想想……」

我往魔法收納箱（Magic Box）裡瞧了瞧，物色食材。

嗯～～用這個的話……對了，那道菜或許不錯。

「做四足鳥炸肉塊好了？」

「好耶！蕾琪喜歡那個！」

由於過於高興，蕾琪雀躍得彷彿語言能力被破壞了一般。

證據就是她的唾液已經從嘴巴流下來了。

這個女生太過於憑藉本能生存了，身為丈夫實在有點擔心。

「好了好了，蕾琪就坐好等著吧。」

琉希卡媽媽用手帕擦了擦她的嘴巴，讓她坐上椅子。

四足鳥正如其名，明明是鳥類卻以四足行走，飛不起來。

那麼為何會用「鳥」來稱呼牠呢？……我想大概是前腳帶有翅膀的緣故吧。

反過來說，也就只是那樣而已。啊，還有，牠有「肉冠」。

但是四足鳥進行長距離移動時，也是靠著四隻腳，所以牠的肌肉很發達，肉也很多，論軟硬更是絕品。

用上四足鳥作為食材的料理之中，尤其受歡迎的就是裹上麵衣的炸肉塊。那是將使用辛香料調味的肉塊炸得酥酥脆脆的料理。

「火種（Fire）。吉恩先生，這裡交給我吧。」

優莉以魔法點火，將倒入油的鍋子加熱。

這段期間，我來做烹調的準備。

「首先要去筋……」

然後將四足鳥的大腿肉切成方便入口的大小，再放入深盤。

接著撒上鹽巴與胡椒……

「只要這樣就夠好吃了。不過把蒜果磨成泥加進去更能提升它的鮮味。」

接著仔細按摩，讓調味料徹底滲透進肉塊裡。

再加入四足鳥的蛋、山藷粉與小麥粉，然後攪拌混合。

「準備好了。接下來能交給妳負責嗎，優莉？」

「當然可以，這是我們愛的合作呢。」

「哈哈，畢竟是夫妻嘛，今後會合作無數次吧。」

「夜晚的合作也要每天進行唷，我得好好確認您的精力狀況呢。」

「喂！等等。妳打算摸哪裡？現在就要料理食材了，給我住手！」

優莉靠到我身上，挽住我的手臂，企圖將手伸向有點不得了的部位，逼得我拚命制止她。

「唔～……沒辦法。當成往後的樂趣吧。」

一番激烈的攻防戰後，優莉放棄了。她鼓起臉頰，繼續料理。

優莉用魔法調整火焰的大小，接著將裹上麵衣的大腿肉輕輕放入油鍋中。

「劈啪劈啪」讓人心情愉快的聲響與逐漸改變的色澤，使人食指大動，不禁想偷吃一口。

「味道好香喔……」

「忍耐，要忍耐唷，蕾琪。」

「唔～……」

就在琉希卡極力安撫蕾琪之際，炸肉塊終於要完成了。

「最後再用大火一口氣加溫！等到油的聲音出現變化……」

優莉閉上眼，進入專心狀態。

我們也安靜下來，以免干擾到她。

她的耳朵沒有聽漏那細微的聲音變化。

「就是現在……！」

優莉以眼睛跟不上的速度，用筷子夾起炸肉塊，並放到鐵盤上。

這個盤子是以特別的材料製成的，可以吸收多餘的油脂。

也因此它的價格稍微有點高。不過我還是覺得自己買對了東西。

「好，優莉，裝在這裡吧。」

我並沒有呆呆看著她炸東西。

這段期間，我把在家鄉採到的蔬菜鋪滿另一個盤子。

確認油瀝乾淨之後，優莉便一個個把肉塊擺盤上去——

「完成了！」

「四足鳥的炸肉塊上菜嘍！」

「「耶～咿！」」

蕾琪與琉希卡拍手歡呼。

蕾琪用叉子與餐刀敲擊桌面，看起來快忍不住了。不過我們也一樣忍耐著飢餓感。

綠色蔬菜上盛放著閃閃發光的金黃料理。
不禁嚥下唾液的或許不只有她，而是所有人吧。
「那麼各位，向食材獻上謝意——」
「「「我要開動了。」」」
優莉難得表現得像個「聖女」，帶頭說道。而我們繼她之後也完成了餐前的儀式，各自咬下炸肉塊。
「唔嗯！好好吃！」
酥脆的炸麵衣與多汁又有嚼勁的大腿肉。
肉汁在咬下去的瞬間隨即流出，濃縮其中的鮮味更是讓人欲罷不能。
這肉汁的量多到嘴巴裡面似乎都要燙傷了。
「嗯嗯…………！」
蕾琪靜靜地咀嚼著，彷彿在品味料理的鮮美一般。
看那副蕩漾的表情，她應該相當心滿意足吧。
「看她吃得那麼香，料理者也會很高興呢。」
「對啊，不枉費我們煮這一頓了。」
實際上，我們的精神在與魔族的戰爭中一再被消磨。我就是為了讓蕾琪在那種環境下也能露出多一點笑容，磨練了料理的手藝。

能像這樣幫助到她，我的努力也算有所回報了。

「吉翁，火還要齣。」（吉恩，我還要吃）

「蕾琪不行！這樣很沒禮貌，別把嘴巴塞滿啦。」

「別擔心，還有很多唷。」

「我在旅行途中都有多採購一點食材，現在已經沒有用處了。既然機會難得，稍微奢侈一下也不錯嘛。」

「吉恩……優莉……琉希卡……最喜翻你啐惹。」（最喜歡你們了）

臉頰因為炸肉塊而鼓起來的蕾琪，豎起了大拇指。

我們看著她的模樣，笑了出來。

一行人就這樣度過了和平悠閒的午餐時光。

◇◇◇◇◇

「嚼嚼嚼……」

已經吃飽的我們一邊看著享用著炸肉塊的蕾琪，一邊喝茶。

順帶一提，食材已經用完了。

「哈哈。蕾琪吃了那麼多，有辦法立刻動起來嗎？等一下立刻就要運動了哦？」

「交給我吧，我消化很快的。」

「說的也是，我的確不需要擔心呢。」

琉希卡笑著表示，旋即喝了口茶。

「話說回來，吉恩，我有件事情必須跟你說。」

「嗯？什麼事？」

「其實國王讓我捎了口信給你，要你過去露個面。他好像想見你想得不得了。昨天發生了很多事，我整個忘光了。」

「國王陛下？特別要找我？」

「吉恩也是勇者小隊的一員，一點都不奇怪吧？況且國王也非常中意你呀。」

「的確……吉恩先生可以跟我們同行到最後，就是國王陛下安排的嘛。」

「的確呢，真是太感激他了。」

「我還聽說國王陛下否決了反對派，堅稱『那個隊伍需要吉恩』。現在仔細想想，還真是個英明的決定呢。」

「國王似乎相當清楚這支隊伍是以誰為中心運作的。真不愧是『賢王』啊。」

國王陛下確實從一開始就很重視我與蕾琪的關係。

話雖如此，我有做過什麼讓國王陛下中意的事情嗎……？

想緩解國王陛下在政務上的疲勞而獻上在旅途中取得的藥草；考慮到國王陛下的工作繁雜，將討伐報告精簡化；在王宮待機時陪國王陛下小憩玩遊戲——我也只有做這些而已。

「總之，國王也想跟吉恩道謝的樣子。你現在就跟我『轉移』到王宮吧。」

「——請稍等一下。」

對於琉希卡的提案，優莉叫了暫停。

嗯，琉希卡說出這句話的瞬間，我就覺得她們肯定會吵起來。

這幾天我多次目睹她們三個的這種互動。

不然就是被她們的魔法直擊，物理性地感受那些爭執。

以優莉的性格……

想必是在腦海裡想像了我跟琉希卡相擁交纏的桃色畫面吧。

她能如此愛著我，我是很高興啦，但其實可以不用那麼擔心啊。

「應該由我帶去才對。」

「哦？記得之前妳把報告的事交給我跟蕾琪了吧……是我記錯了嗎？」

「那、那是為了照料吉恩先生……國王陛下一定也想跟我見面嘛！」

「不，他完全沒有提到妳。」
「……那個臭鬍子……！」
我心想：「能毫無顧忌地說國王陛下的壞話的也只有她了吧～」同時把茶杯中的茶水一飲而盡。
好！調停這種狀況也是丈夫的職責吧。
為了我們的未來，就讓我出一份力吧。
「那我們大家一起去王城玩如何？」
「吉恩，這個要求恕我無法接受。」
「沒錯，這是不講情義的對決。就算是吉恩先生的提案，我也不會退讓。」
「我、優莉、琉希卡，互為敵人。」
「這樣啊……我原本想跟國王陛下炫耀一番，說妳們是我自豪的新娘子……如果不喜歡就沒辦法了……」
「蕾琪！優莉！我們感情很好對吧！」
「那不是當然的嗎！我們下輩子也確定要當好朋友呢！」
「我、優莉、琉希卡，互相喜歡。」
她們的態度轉變就是這麼快。能如此不拖泥帶水，讓我不禁笑了起來。

「那喝完茶以後就準備出門吧。畢竟蓋房子等到我們回來之後也能做呀。」

「不，沒那回事。」

「什麼意思，琉希卡？要是我們不在，狂骨龍人也不能動吧……」

「這些孩子比吉恩想的還要優秀哦。一旦把設計圖交給牠們，就可以根據我們的要求完成了。」

琉希卡如此說道，她召喚的狂骨龍人們也點了點頭。

太優秀了……該不會比我還要能幹吧？

「當然，即使我們不在旁邊，牠們也不會失控。你就放心吧。」

琉希卡曾教過我，當魔物違反契約時，主人似乎能立刻知曉。而現在掌握生殺大權的正是身為主人的她。

據說被馴服的魔物能夠真正獲得自由的狀況，唯有主人因為某種不幸而死亡時而已。

「那大家就能放心地一起去王城了呢。」

「不過總覺得要先跟村民們說明一下比較好，才不至於發生誤會。」

「那我和蕾琪去跟大家說明。出門的準備可以拜託妳們嗎？」

對於我分配的工作，沒有人提出異議。

「好。收拾完這裡就立刻行動吧。」

隨後俐落地做好準備的我們，在兩小時後轉移到了王城。

◇◇◇◇◇

「轉移已經結束了。放心吧各位，請張開眼睛看看。」

遵照琉希卡的指示睜開雙眼，只見眼前的景色已截然不同。

我們從綠意盎然的故鄉，來到文明進步的華美都市。

「身體感覺如何？」

「沒有暈眩感，沒問題。琉希卡的魔法天下第一，不用擔心啦。」

「呵呵，能得到你的誇獎真是榮幸。」

根據使用轉移魔法的使用者不同，有時候會發生副作用，影響健康狀態。

魔法陣是否有細心構築、發動時是否有調節使用的魔力量。

細心與靈巧同樣是一流的魔法師所必備的特質。

我也旅行了很長一段時間，印象中從沒見過比琉希卡更高明的的魔法師。

當然，這是用客觀的角度評價的。

「那我們走吧。放心，只要有這件斗篷，不管是誰都認不出我們是勇者小隊。」

「「「好～」」」

由琉希卡領頭，我們在通往王城的道路上邁步而行。

「吉恩！你看那個！」

「嗯？我看看喔……哈哈哈，沒想到連這種東西都做出來了。」

蕾琪興奮地拉著我的手臂湊過去，只見商店販賣著寫有「勇者饅頭」字樣的商品。

「有夠可愛。」

白色的饅頭上有蕾琪的肖像，畫得著實精巧。就我來看，即使與本人相比，也充分地詮釋出蕾琪的可愛。

「哎呀呀，真的耶。看來也有我們的商品呢。」

優莉的視線前方有個寫著「聖女包子發售中」的看板。

看起來應該只是將調味過的肉與蔬菜包起來蒸過的料理……到底哪裡有優莉的要素……啊。

「呵呵，您注意到了嗎？看起來就是指這個呢。」

她這麼說著，用手指隔著衣服按壓那大大隆起的部位。陷下去的指尖強調了那彷彿能夠包容任何事物的柔軟，也訴說著那摸起來勢必會很舒適的彈力。

……包子的大小確實不輸給優莉……原來如此原來如此……這不會因為不敬罪被聖教會

罵嗎？沒問題吧？

「就連吉恩也有哦，叫做『參謀鉛筆』的樣子。聽說用這個寫字就能變聰明耶。」

「怎麼只有我的好像很隨便？」

我沒當過參謀，況且這根本是普通的鉛筆吧……

跟她們三個相比，我顯得不起眼，才會不小心造就「在背地裡活躍」的印象了吧。

不、不過光是有我的紀念品就不錯了啦！這是我沒有被忘記是勇者小隊成員的證據嘛！

「看到這些商品被開發出來，就能感受到我們至今的努力確實有影響這個社會呢。」

商人們不可能毫無理由地兜售這些商品。

正是因為看到商機，才會像這樣販賣它們……這也代表我們在國民之間有著很高的聲望。

「這表示人們有多麼期盼魔王的敗北啊。」

「我們大受歡迎呢。」

「哈哈，有點害羞就是了。話說回來，琉希卡的是什麼……啊……」

既然有我們三個的產品，想必也有賣以她的形象做出來的商品吧。

我這麼想著並向琉希卡搭話，然而這個選擇讓我後悔了。

我至少應該先確認過是什麼商品再發問的。

「『賢者煎餅』好像很好吃……」

沒錯，那是用跟她的衣服相同顏色的綠色麵團所製成，又薄又平滑的煎餅。

「哎呀？哎呀哎呀哎呀？這個確實跟琉希卡小姐一模一樣耶～」

「優莉倒是說說看是什麼意思啊。我會根據妳的回答，決定要不要賞妳一發魔法。」

「冷、冷靜啊，琉希卡！這個是……那個……妳看！它詮釋出琉希卡率直的性格嘛！」

「怎麼可能啊！放開我，吉恩！我不把那個店主轟一頓絕不罷休！」

「息怒息怒。」

我跟蕾琪兩人拉住因盛怒而暴走的琉希卡。

「優莉！用魔法！」

「好的～請冷靜下來吧，『感情抑制（cure）』。」

優莉詠唱魔法，奮力掙扎的琉希卡隨即平靜了下來。

看起來優莉的魔法確實地發揮效用了。

「冷靜下來了嗎，琉希卡小姐？」

「喂！優莉！不要把手臂交差在胸部下面抬起來，妳在刺激她嗎！琉希卡也是，就算妳對周圍的看法有所不滿，也不要大發雷霆呀。」

「……吉恩……」

被我從後頭架住的琉希卡向後抬起臉，以殷切的眼神望向我問：

「吉恩也喜歡貧乳嗎……？」

她直截了當的問題讓我大吃一驚。

以前她喝醉時，我曾聽她抱怨過。

活了二八××年，為什麼自己的胸部還是比蕾琪或優莉要小？

當時琉希卡略帶哀傷的表情，我至今仍難以忘懷，因為我從沒遇過「說出口的內容與表情如此不搭調」的狀況。

那對她而言卻是無比嚴肅的煩惱，因此我也要真誠地回答她。

「最喜歡了，不管是什麼樣的胸部我都喜歡。」

「……這樣啊。太好了。」

琉希卡似乎接受了我的回答，放下心來。

呼～但凡是為了大家，我的自尊心根本不值一提。況且現在周圍也聽不見我的聲音，所以沒問題。

正如同先前琉希卡所言，我們披上的斗篷施加了某種特殊的小機關。

那是琉希卡親手編入的「認知阻礙（Shadow）」魔法。

只要披上它，我們的氣息就會消失無蹤，自動被排除至眾人的認知範圍外。

因此我們在店家前面對商品高談闊論或是大鬧特鬧，都不會被發現。

不愧是「賢者」琉希卡親自施法的上等貨。

要是拿去拍賣會上競標，世界各國即使得用上鉅款也會渴求它吧。琉希卡為我們準備了這樣的好東西，實在太感激不盡了。

「……？我的臉上有沾到什麼嗎？」

「沒事，妳的臉一如往常地漂亮呀。」

就算我們的感情很好，單方面地接受對方的好意就我個人來說依舊不太樂意。

畢竟是對方基於善意的行為，我果然還是想要回報人家。

琉希卡喜歡的東西會是什麼呢？

「那還真是……謝謝你了。原來如此，該不會——」

她深思了一會，隨即把我帶到店家旁邊的巷子裡，「咚」的一聲把我推向牆壁。

呃？咦？怎麼了？

難道是我提到胸部，反而惹怒她了？

「你迷上我了嗎？」

琉希卡的臉距離我非常近，近得能清楚看見她一根根細長的眼睫毛。

細長清秀的眼眸既美麗又清澈，將我的意識吸引過去。

只要再靠近一步，身體與身體就會互相接觸。

那美男子般的行徑，真的宛如故事中所出現的王子殿下。

順帶一提，她並沒有戀愛經驗。我知道她這類行為全是透過小說得知的知識。

……這麼說起來，以前同樣是某次在喝酒時，琉希卡曾抱怨：

『我會喜歡讀愛情故事，是因為很憧憬那樣的戀愛啊。』

……啊，我想到好主意了。

「對我痴迷到說不出話來了嗎？看來吉恩也被我的魅力給迷得神魂顛倒了啊。」

「琉希卡呢？」

「嗯？什麼意思……？」

「妳對我是怎麼想的？」

「嗯——呀！」

我模仿她常看的小說，用手指猛然抬起她的下巴。

沒過多久，琉希卡的臉蛋便紅了起來。

我也覺得這種肉麻的台詞相當害臊，不過有辦法度過這關的才是男子漢啊。

「我當然愛妳。接下來該輪到妳說了吧？」

我回想起旅途中跟她借來的愛情小說中的一段。

記得接著要把臉湊近耳邊……

「來，告訴我吧？」

「……咿呀啊～～～」

琉希卡渾身無力地癱坐了下來。

平時凜然清澈的聲音也陣陣發抖。

面對她如此罕見的模樣，我很猶豫是否要再追擊下去。此時——

「……請問兩位沒有忘記我們的存在吧？」

「吉恩，我不允許只有你們兩個親熱。」

——後方傳來了無比冷酷的聲音。

對喔，興致一來就忍不住演下去了，但蕾琪她們也在啊。

我太過熱衷於演技之中，不小心把她們給拋諸腦後了。

「把其他新娘放在一邊，兩人在路上卿卿我我……蕾琪，妳不覺得他們這樣太過分了嗎？」

「同意。」

「我們也要求一樣的待遇，不然無法接受。蕾琪，妳不覺得嗎？」

「非常同意。」

蕾琪猛烈點頭。因為太過猛烈，感覺都要飄起來了。

「所以說，吉恩先生？」

「好，請說。」

……被說到這個程度，我已經沒有逃避的選項了。

「……唔……那還真是……打動人家了呢……」

「嗯，我也很愛吉恩。」

看這個走向，我當然也得對她們說一樣的台詞。

我的心力因為羞恥而逐漸被消磨殆盡。

◇◇◇◇◇

為了討伐名為魔王的人類公敵，國家的協助不可或缺。

即使是擁有「勇者」這個強力加護的蕾琪，原本也是一介鄉村女孩。

她沒有戰鬥的直覺，更不曉得如何使用武器。

是國家提供她學習的地方，讓她鑽研，好不容易才成為能夠踏上戰場的戰士。

當然不僅如此。

為與魔族展開激烈的鬥爭所需最適切的武器、防具，以及旅途中必要的金錢。
這些全都由國家負擔。
而準備這些物品，並給予我們支援的現任國王——烏瓦爾特・梅・歐恩，無疑可說是一位善良的國王。
「我們從烏瓦爾特陛下那裡得到了很多關照耶。」
我得以作為勇者小隊的一員陪伴在蕾琪身邊，也是多虧了烏瓦爾德陛下為我們排除反對派。
他準確地理解了一名少女身上的重擔。
並非將蕾琪視為一名「勇者」，而是一名「不幸擁有『勇者』加護的少女」對待。陛下甚至告訴我：「她的心靈支柱是你，這個隊伍需要你。倘若你感覺自己到了極限，要放棄也無妨。但現在就陪她走下去吧。」
正是因為有這段過往，我深深認為烏瓦爾德陛下對我有恩。當我們為了療傷而滯留於王城之際，我總是會積極幫忙陛下所需。
「確實。若非那位國王，我們說不定得花更多時間才能討伐魔王呢。」
「畢竟萊茵葛德帝國派了『龍騎士』及『大劍士』率隊嘗試征討魔王，結果全以失敗作收了嘛。聽說國王陛下不但配合聖教會的步調，還親自造訪了精靈之鄉呢。」

「國王不會把我當笨蛋，是個好人。」

三人這麼評價。

優莉提到的萊茵葛德帝國從一開始便只打算提供一年的支援，所以被派出的她們早早就接到前往征討魔王的命令，無法好好休息。精疲力竭的她們在那樣的狀態下迎戰魔王軍幹部，當然無法發揮實力而敗下陣來。

不幸中的大幸是，她們後來與我們成功會合。

歷經種種事件之後，她們將討伐魔王的使命託付給我們，爾後便紛紛離開帝國，各自返回故鄉。

「不知道『龍騎士（芙勞莉雅）』小姐跟『大劍士（露緹）』小姐她們過得好不好呢？」

「等到我們的婚禮結束後再去拜訪她們吧。她們一定會很高興的。」

「那樣我也很高興。況且要是她們知道我們都變成夫妻了，一定會嚇一跳吧。」

「沒錯……在各種意義上都會嚇一跳吧。」

各種意義上？什麼意思呀？

我還來不及詢問優莉，她便戳了戳我的胸口，繼續說道：

「呵呵呵，現在不需要在意這些唷。到時候您就懂了。」

既然她都這麼說了，現在就先把問題擱置在一旁吧。

比起這些，眼下重要的是晉見烏瓦爾德陛下。

看到方才王都商業街區的熱鬧景象，在國民的興奮平息之前，我們應該不能在街上闊步而行了吧。

我們的名字被冠在商品上，耳中聽到的都是對我們的各種讚美。

從小小孩到老夫妻，每個人的話題都是勇者小隊。商人們會想借這個名目開發特產倒也不是不能理解。

這讓我再一次體認到「討伐魔王」這個偉業的影響有多大。

如此這般，該說是「成名稅」嗎？我們無法露出相貌從正門走進王城內。

不過我們也不必消聲匿跡非法侵入，因為烏瓦爾德陛下已經幫我們安排好了。

「這好像祕密基地，我喜歡。」

「哈哈！以祕密基地來說有點太大了吧。」

這是國王體貼我們而準備的專用入口。入口設置於王城後方，繞行城鎮一圈就會到了。

呃～我記得在這附近……啊，有了有了。

「『限定解鎖（Unlock）：吉恩・蓋斯特』。」

城牆上有塊磚頭的顏色與其他略顯不同。我摸著那塊磚頭，唸出唯有少部分人才知道的咒文。空間頓時扭曲起來。

出現在面前的是寬度能讓一個人通過的漆黑空間。

漆黑的空間敞開大口歡迎我們。不知情的話，甚至會猶豫該不該碰觸它。

「周圍沒有任何人，沒問題。」

為避免意外發生，琉希卡確認四周。聽到這番話，我們才踏入其中。

當我們的身體全都融入黑暗之際，刻劃在地板上的琉希卡特製轉移魔法陣旋即發動。

視野短暫染上漆黑。很快地，我們便現身至開闊的場所。

那片黑暗是為了隱藏魔法陣的存在所設下的障眼法。

——但倒也不是什麼重要的事啦。

我們轉移到王城中央。這裡即使說是心臟地帶也不為過。

也就是晉見烏瓦爾德陛下的大廳。

大廳鋪設著猩紅色的地毯，能感受到歷史的氛圍。而地毯綿延的盡頭便是本國之主方可入座的座椅。

現在座椅上也坐著那位戴上由金、紅、藍三種寶石所裝飾的王冠的人物。

「……歡迎啊，吉恩、蕾琪，還有優莉與琉希卡。」

那低沉的嗓音具有能使人低下頭的分量與威嚴，足以讓人認知到眼前的顯貴確實是國王。

銳利的三白眼捕捉到我們的身影，年邁的身軀不慌不忙地站起身，緩緩地走向我們。

我隨即察覺到國王打算做什麼，於是保持直立不動的姿勢與他面對面。

「久違了，烏瓦爾德陛下，吉恩・蓋斯特平安歸來晉見陛下。」

「啊～啊～……真的久違了……」

烏瓦爾德陛下將有力而溫暖的手放到我頭上。

摸了我的頭幾下以後，他將手放到我的腰後——

「朕好高興你回來了啊～～！好想你啊！朕最最可愛的心靈之孫啊～！」

——然後非常用力地抱緊我。

方才的威嚴頓時煙消霧散，眼前的老人只是個疼愛孫子的老爺爺。

當然，我不是國王的孫子，但這位大人一直稱呼我為「心靈之孫」。

此人正是烏瓦爾特・梅・歐恩。

是我們所居住的梅歐恩王國的現任國王。

「朕聽說嘍，你要跟她們三個結婚吧？婚禮所需的一切都由朕來準備。別客氣，說吧，朕什麼都能買給你！」

由於烏瓦爾德陛下真的什麼都會買給我，不能隨便亂講話。

「國王，吉恩是我們的丈夫，別抱得那麼緊。」

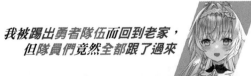

「有什麼關係？再說了，妳把工作丟給朕處理，自己跑回去跟吉恩見面，還有什麼臉說這種話！」

「烏瓦爾德陛下，您還是別跟年紀差這麼多的蕾琪吵架吧……」

況且那還是為了搶奪我，更讓人不好意思了。

我曾看過琉希卡推薦的戀愛故事。故事裡的女主角說著：「住手！別為了我吵架！」原來她是懷抱著這種心情的啊。

無意間得到了寶貴的經驗。

「烏瓦爾德陛下依舊無比溺愛吉恩先生呢。」

「對朕好的人唯有吉恩！吉恩就是朕的孫子！」

「自始至終都是這種感覺啊。」

「哈哈……」

「唉～……」

我的苦笑與琉希卡的嘆息重疊在一起。

之前感覺沒那麼嚴重呢，反而在我最近沒來王城露面的期間惡化了。

再這樣下去事態會無法進展，所以我暫且先推開烏瓦爾德陛下。

「請冷靜下來，烏瓦爾德陛下。總之先回王座上吧？我們今天來可是有很多事要向陛下稟報呀。」

「嗚……沒辦法，不能造成吉恩的困擾啊。畢竟你是拯救本國的英雄之一嘛。」

「我沒做什麼了不起的事。拚命的都是蕾琪、琉希卡與優莉。」

「不要卑躬屈膝，你的功績得到許多人認同，隊伍裡的三位不是已經徹底教育過你了嗎？」

烏瓦爾德陛下說著，瞥向蕾琪她們，同時咧嘴一笑。

……說得對。我接受了她們三人的告白，也接受了她們的愛，因此非得停止這種不必要的自卑不可。

她們選擇了我，我理應感到光榮才對。

我理應認為自己的一言一行、一舉一動都有被人看進眼裡。

不愧是烏瓦爾德陛下，一瞬間便看透我的缺點，並且加以指正。

「……是的。多虧各位，我才能重新面對自己。請忘記我剛才說的話。」

「唔嗯，看來她們已經矯正你的觀念了，表情像樣了不少呢。」

烏瓦爾德陛下摸著自己長長的鬍鬚，瞇起眼說道。

我的回答似乎讓陛下相當滿意。

烏瓦爾德陛下輕拍我的頭，隨即回到王座坐下。

「莉絲蒂亞，妳把他變成男人了沒？」

「唉~……大白天的，別堂而皇之地開黃腔可以嗎？」

「哎呀，還沒啊？也是啦，量到這個年紀還拋不開處女的妳沒那個膽吧。失敬失敬。」

「看我怎麼解決你，死小鬼。」

「哈！哈！哈！真讓人愉快啊！」

儘管外表看起來相當年輕，琉希卡的年齡卻比烏瓦爾德陛下多了幾百倍。

而她在精靈當中原本就算是代表者，與烏瓦爾德陛下從以前便有交流。

況且她與陛下打從年幼時期就相識，因此才能輕鬆面對陛下，甚至到了能用毫不莊重的語氣互相謾罵的程度。

順帶一提，陛下與蕾琪的距離也差不多是這種感覺。

她與陛下初次見面時，我感覺自己的心臟都要停了呢……真得感謝烏瓦爾德陛下的器量之大啊。

「她說的沒錯。烏瓦爾德陛下，請別開這種不逗趣的玩笑，奪走吉恩先生第一次的將會是我！」

「優莉小姐？妳有沒有注意到因為妳剛剛的發言最尷尬的是我呢？」

「不過是個處女，還真敢講啊。只聽過風流故事的小姑娘正式上陣也只會怯場吧。」

「哼，請別小看我——我已經完成了上百次的想像訓練了。」

聽到這些話的我，以後要用什麼態度面對優莉才對……！

或許是被優莉莫名自傲的氣勢壓倒，烏瓦爾德陛下只說了聲：「這、這樣啊……」

說起來，烏瓦爾德陛下應該還是第一次看到這種狀態的優莉吧。

原來如此，難怪會不知所措。

「……言歸正傳吧。朕會傳喚各位不為別的，正是為了討論勇者小隊的結婚事宜，以及使用王城舉辦婚禮一事……但在那之前，有件事必須先告訴各位。」

大廳響徹烏瓦爾德陛下的掌聲。

「朕要再次跟你們道聲『新婚快樂』。你們能結為連理讓朕非常高興。」

受到某人祝福，果然讓人心情愉快。

而像這樣聽到第三者提及此事，便會再次深刻體認到我們即將結婚的事實。

「吉恩比朕預想的更快接受蕾琪的告白，實在是太好了啊。如此一來，『勇者』的血脈就不會斷絕了。」

「國王，你這話是什麼意思？」

「就是字面上的意思。綜觀歷代，『勇者』的加護只會出現在繼承初代勇者血脈者身上。」

「呃？」

「也就是說，蕾琪同樣繼承了血脈……？」

「嗯，畢竟紀錄上，初代勇者為了應對魔族，生下了一百人以上的孩子啊。儘管血統已然變得稀薄，但蕾琪身上應該也流有勇者的血才對。」

「一、一百人！」

這不得了的規模讓我不小心破了音。

相比之下，之前優莉她們談到的兒童房還算是可愛的了……初代勇者大人真是無比絕倫啊……

「這已經是歷史久遠的故事了，王國也無法掌握所有子孫的下落。但如今能為『勇者』蕾琪的婚禮盡一份心力，對王國來說也是備感光榮啊。」

「原來如此，所以才會爽快許可我們使用王城舉辦婚禮呀。」

優莉理解似的點了點頭。

「結婚後的支援當然會從優處理。儘管說法有點極端，但你們不用思考什麼複雜的事，只要生下孩子並幸福生活，對國家來說就已經幫助很大了。」

「因為這些孩子可能會持有『勇者』加護，這樣就能保護他們了呢。」

「唔嗯。不想生的話不必勉強……朕是這樣想啦……但你們好像幹勁十足的樣子，這下就少一件要操心的事了，可喜可賀啊。」

「一百人……正合我意。」

「呃，等下等下等下。」

初代勇者是男性，才能完成這種創舉。

而蕾琪是女孩子。也就是說，一次能懷上的孩子基本而言只有一個。

超過一百歲還在生小孩的夫妻也太有精神了吧？我跟蕾琪解釋了這個重點——現實上，生一百個是不可能的。

「……好可惜。那就忍耐一下，生二十個左右好了。」

「蕾琪要生二十個，那我的目標就放在二十一個吧。」

「那我生二十二個。」

「好，我二十三。」

「我、我很長壽。所以一……一百個也沒問題，吉恩！」

「這可不是在競標哦，妳們三個。」

我想過的是安穩的隱居生活。

要是聽從她們三個的期望，幾乎每天都是吃、睡、性！然後一天就結束了吧。

會死啦，過那種生活我會先死吧。

在性行為中猝死這種事我絕對不要。

「然而有這種傳說的話，應該會有其他想來報名的貴族吧？沒問題嗎？」

「有是有，不過那些婚約申請朕都否決了。朕絕不會將拯救世界的英雄作為政治工具。」

「呵呵，該出手的時候還是會出手嘛，烏瓦爾德。」

「所謂權力就是為了這種時候派上用場的，當然得充分行使啊。」

婚事的話題果然會浮上檯面。

畢竟三人都因為身為討伐魔王的勇者小隊成員，貼上了「拯救世界的救世主」這個金箔。

尤其是蕾琪，一旦她成為家族成員，在權力鬥爭之中就能大幅領先。畢竟其家族誕生的孩子甚至能獲得「未來的『勇者』候補」這個附加價值。

想得到蕾琪的貴族，用上雙手手指也數不完吧。

但最後把那三位大受歡迎的女孩全部娶走的，就是我啊。

……我會不會招人怨恨，然後被滅口？開始有點擔心起來了……

「吉恩，你不必露出那麼擔心的表情啦，不可能會有傻子來攻擊我們的，畢竟風險太大了嘛。」

「朕也這麼認為。再怎麼說，光是各自就能匹敵一國軍力的人物，在場便有三人。就算有什麼深仇大恨，要是對你們出手，應該也無法全身而退吧。腦子正常的人立刻就能理解才對。」

「說起來，市民們對勇者小隊的認知也包括了你，你也是救世主之一呀。一旦對你出手這件事被眾人給知道，想必會引起很不得了的暴動吧。」

「……我同意琉希卡小姐的看法。吉恩先生在旅途中也拯救了許多人，感謝著您的人是確實存在的。吉恩先生，您比自己以為的還要受人愛戴唷。」

……總覺得非常難為情。

被那麼優秀的他們投以肯定的話語，讓我的心頭都暖和起來了。同時我也再次認為自己不能沉溺於他們的溫柔，必須成為能夠回應他們期待的人才行。

「不過優莉，真虧聖教會願意允許妳結婚呢。我認為要說服他們才是最困難的事吧。」

「呵呵呵，這是少女的祕密唷，琉希卡小姐。」

「聽妳這樣說……我還是別探聽好了。這世上同樣存在著不曉得反而會比較好的事情。」

琉希卡聳了聳肩說道。

「說的沒錯。接著要談的是吉恩的貴族爵位一事。關於這點，朕要承認自己能力不足，

很抱歉。原本想要至少賜予你子爵的……」

「請、請別低頭！不如說陛下願意封身為平民的我為貴族，就已經很感激不盡了！」

畢竟如果不能成為貴族，我就不能跟她們三人結婚。

光是這點，我就該感謝一輩子了。

因為我絕對無法從她們之中選一個結婚。

「況且我完全不懂政治，就這個層面來看一點問題也沒有。」

「你願意這麼說，朕也能釋懷了。要是過於激起貴族們的不滿，下次矛頭就會從你們身上轉向朕，如此一來便難以施行德政，以一國之主的立場而言非得避免不可。」

「只要有個男爵就已經非常足夠了。陛下給了我一個能夠堂堂正正地與她們孕育愛情的環境，我衷心感謝。」

「哇哦！」

「吉恩先生真大膽……」

「吉恩……」

「咯！哈！哈！照這個樣子來看，王國也安泰啦！」

看著我摟著她們三個的樣子，烏瓦爾德陛下豪爽地笑了。

「好懷念啊，朕過去也有充滿激情的時期。但是老人過去的愛情故事就先擱一旁吧，畢竟能跟你們說話的時間不多了，真是的……真想多抽點時間跟孫子聊天啊。」

烏瓦爾德陛下理所當然地相當忙碌。

光是像這樣為了我們抽出時間，就已經很讓人感激了。

這麼一想，再提更多要求便是貪婪了吧。

「那麼，差不多該進入正題了。」

正題……也就是傳喚我們來這裡的目的，亦即婚禮一事。

「對你們來說這是頭等大事吧……畢竟將王城用於婚禮……呵呵呵，竟然能想出這麼有趣的點子。」

烏瓦爾德陛下愉快地笑著，我只能乾笑以對。

這的確是非常出乎意料的提案。

卻也是相當有效率的想法。

其實那之後我問過優莉跟琉希卡，她們說——由國家盛大地慶祝我們的婚禮，會有各式各樣的好處。

其一：一旦我們成為梅歐恩王國作媒的夫妻，便可牽制他國。

其二：在討伐魔王這件歡喜大事沸沸揚揚之際舉行婚禮，可以封殺反對勢力消極的意見。

其三：勇者面對市民舉辦凱旋遊行時，若與婚禮同時舉行，不僅省下了費用，還能讓市民對國家抱持正面印象。

這些都很合乎道理，因此我們才能取得許可，使用王城來舉辦婚禮。

實際上，儘管與方才烏瓦爾德陛下提過的事情也有關聯，但能將事情推進至即將成功的階段，她們兩位功不可沒。

「計畫有好好進行嗎？」

「別擔心，菲莉希亞，這可是全世界矚目的婚禮啊，絕不會馬虎行事。朕以梅歐恩王國的威信發誓。」

「真是太好了。預定會花上多少時間呢？」

「完成婚禮的準備工作應該會花上一個月吧。由於準備期間短暫，無法招待各國的權貴人士，但應該沒問題吧？」

「沒錯。相較之下，要是婚禮的準備拖延太久，就會給各陣營見縫插針的機會，反而更不理想。」

烏瓦爾德陛下點頭同意優莉的意見。

「如此這般，各位就稍候一陣子吧。這段期間先消除旅途中的疲累，四個人悠哉度日即可。朕借幾間王城裡的房間給你們吧。」

「非常感謝陛下！」

太剛好了，在新居落成之前，在老家生活也有點那個啊……

不只會被爸媽捉弄，況且我那狹小的房間要住四個人實在很困難。

以面積來看，或是就我的理性而言，都很困難。

迎接初夜理應在新婚之後……心情上我是這麼想的。

或許會被嘲笑、被說窩囊，但我依然認為要清楚向她們立下愛的誓言，再開始進一步加深感情會比較好。

關於這件事，我沒有打算改變想法。

「說明血脈的時候朕也提過了，以王國來說，能夠參與你們的婚禮籌備也是我們的榮譽。畢竟能夠幫助到全世界的英雄們啊。」

「榮譽啊……真難為情。」

「你們創下的便是如此豐功偉業。**歷代國王**也都這麼認為。」

「……烏瓦爾德陛下，請問那是什麼意思……？」

「勇者婚禮上要穿的新娘婚紗、新郎禮服，以及——結婚戒指，全都由梅歐恩王國保管著。」

「「「「！」」」」

保管著。也就是說……過去的「勇者」們所使用的服裝，都能直接拿來用嗎！

「那、那樣真的可以嗎？」

「儘管菲莉希亞的疑問不無道理，不過就結論來說完全可行，原因在於製作這些物品的不僅是人類，除了魔族之外的所有種族都有參與。」

「所有種族……居然有這回事……」

優莉的訝異是合理的反應。

長壽族(Elf)、鋼人族(Dwarf)、龍人族(Dragonar)、獸人族(Beast)、魚人族(Mermaid)……他們的確都揭起了反魔王的旗幟，通力合作。儘管如此，全種族要步調一致想必絕非易事。

一想到全部種族都參與了製作，這場婚禮的整套用具價值實在難以估計。

「那、那麼重要的東西，我們真的可以拿來用嗎？」

「當然可以，畢竟就是為此製作的逸品啊。保險起見，也已經與各族的王者聯絡過了。」

「所以就是正在等候佳音……」

「烏瓦爾德，要是沒有通過許可……」

「——朕一定會讓他們同意的。你們就放心期待婚禮吧。」

「……呵呵，這樣啊。你已經變得能講出這番話了呢。」

這番言論讓我們感受到他身為國王的威嚴，琉希卡也沒有再挫他的銳氣。

「別總是把朕當孩子看……那麼吉恩、蕾琪、優莉、琉希卡。」

烏瓦爾德陛下再次端正坐姿——並低下頭說：

「你們完成使命，忍受了困難、痛苦、辛勞。一如字面所述，你們為我們拚上了性命。既然如此，這次便輪到我們來報答你們了。」

接著，烏瓦爾德陛下露出了親切和藹的笑容。

「今後各位就在這個由你們親手帶來和平的世界彼此相愛，悠然生活吧。」

由於沒有參與討伐，魔王被擊敗的事實對我而言就像一場夢。但在聽聞國王的話語後，感覺真的化為現實了。

◇◇◇◇◇

烏瓦爾德陛下為我們準備的房間，是我至今的經歷當中最為寬廣的居所。

而且不僅寬廣。

軟到屁股會陷下去的沙發、奪人目光的豪華水晶吊燈、閃閃發光的大理石地板。

其中最為醒目的，是附有床幔的特大雙人（King size）床。

躺起來的感覺極為舒適，鬆鬆軟軟的，讓人不禁覺得飄在空中的雲朵，想必就是這種觸感吧。

儘管這樣的房間數量，應該有按照人數幫我們準備了才對……

「……不管這張床有多大，四個人睡還是太窄了吧？」

「我這樣就好。」

「沒錯～這樣就能緊緊抱在一起了不是嗎？」

「可以感受到身邊的人的體溫，不是很好嗎？」

「……那樣說好像也對啦。」

我們全都睡到同一張床上。

我的左右兩側被優莉與琉希卡夾住，至於蕾琪則趴在我身上。

以至於我現在動也動不了。

就別的意義來說，我也不敢亂動就是了。

「嗯……挪不到一個最舒服的位置……」

「蕾、蕾琪，可不可以不要動來動去……？」

「……？吉恩，好像有什麼變硬了——」

「是、是肌肉緊繃了吧！」

「哎呀，那可不行！我來確認看看！」

「我、我也來幫你治療，所以必須碰觸患部……！」

「妳們兩個，不要把手伸進來！我沒事！真的沒事啦！」

兩人興高采烈地對我伸手。我只好抓住她們，好不容易才阻止她們抵達終點。

然而這段期間，蕾琪並沒有停止動作。

啊～……啊～……！她溫熱的氣息傳到我的胸膛，好癢……！

因為她緊緊貼著我，我不斷感受到那受擠壓而變形的柔軟觸感……！

對、對了，這時候就是要想些正經的事！

「哎、哎呀～話說回來，連婚紗禮服和結婚戒指都幫我們準備好了，真是讓人大吃一驚呢！」

「咦～？肌肉緊繃已經好了嗎？還是說，有其他地方在緊繃呢～？」

優莉發出甜膩的聲音，更加緊密地貼了上來。

不只是身上的蕾琪，連右邊都有胸部攻擊朝我侵襲而來。

可、可惡！這個性女……根本沒打算放過我，她露出掠食者的眼神了……！

……既然如此就沒辦法了。唯獨這招，我原本不想使出來的……！

我瞥向在左側扭扭捏捏的琉希卡——的胸部上。

看著那毫無幅度的平坦，我取回了自己的冷靜。

「——稍等一下，吉恩，你為什麼要看著我露出安心的表情呢？」

「不、不是這樣，琉希卡！所以妳……不要抓住我的臉啊啊啊啊！」

吃了一記鐵爪，我的臉發出了奇怪的碎裂聲。

這樣就好……！這樣就行了……！

當我終於獲得解放之際，充滿情慾的氛圍已然消散，我們也都沒了睡意，於是大家圍坐在桌邊飲用紅茶。

呼～……身心都暖和起來了。

「真是的，都怪琉希卡小姐中了吉恩先生的招啦……好不容易有那個氣氛耶。」

「就、就算妳這樣講，如、如果胸部被人開玩笑，就算是優莉也會生氣吧？」

「不會生氣呀。即使被罵是豬，我也會很高興的。」

「我找錯對象尋求認同了……！」

「優莉無敵。要是被吉恩罵『豬』，我說不定會很難過……」

「沒事的，蕾琪，吉恩先生不是會講出這種話的人。對吧，吉恩先生？」

「當然啊。」

剛才算是出於無奈……不對，即使無奈，我也不該那樣吧。

要是我擁有如鋼鐵一般，更加堅定的理智就好了。

現在得再次跟琉希卡道歉，然後幫她說話才行。

「琉希卡，剛才很對不起。」

「吉恩……」

「請放心吧，我也喜歡琉希卡小小的胸部。」

「吉恩……！」

咦？我說錯了什麼話嗎？

琉希卡的眼神看起來沒有在笑耶……

我的大腦傳送了危險警報，告訴我這個話題不能再繼續下去，所以我刻不容緩地決定變更話題。

「不過真的很期待呢，傳統的婚禮服飾。」

「嗯，好像也有我的尺寸，真是太好了。」

「似乎就連我的尺寸都有哦。」

「據說以前的勇者大人好像和各種體型的女生結婚了嘛，真是太厲害了。」

喂！妳們！視線別飄向我這裡！

厲害的是勇者大人，繼承他的血脈的是蕾琪，拜託不要誤會了。

「結婚戒指也是各種族的和平象徵，所以被嚴密保存著。能獲得這麼難得的體驗，我很高興呢。」

「雖然戒指直到婚禮當天為止都摸不到，有點難過就是了。」

「畢竟是那麼貴重的東西嘛。」

「比起那些，明天開始要上課，好憂鬱……」

蕾琪失落地把臉頰貼在桌面上。

其實我們直到婚禮當天的這段期間，必須在王城裡面學習。

特別是我與蕾琪，因為我們出身於農村，未曾接受完善的教育就踏上征討魔王的旅程，那些知識對我們來說想必會很困難。

這次連我也同意蕾琪的想法。

好像還有禮儀課程，我完全沒自信能學會……

「畢竟會受眾人矚目嘛，所以不能太隨興。我也會教你們的，加油吧。」

「嗯……」

「撐過這關就是婚禮了，接著便是夢想中的新婚生活。打起精神吧～！」

「新婚……我會努力的！」

看樣子蕾琪原本沉寂的幹勁好像復活了。

原因是為了與我的新婚生活，其實還令人滿高興的。

「話說回來。這樣就會把『狂骨龍人』放在村子裡一個月了，沒關係嗎？」

「沒問題，就算在這裡我也能下達指令。而且不僅是蓋房子，我也命令牠們幫忙村子的農活。」

「不愧是『賢者』琉希卡小姐，您打算靠這招賺取父親大人跟母親大人的印象分數對吧？」

「才才才才沒那回事！我是考慮到自己要居住的村子發展才……」

「畢竟率先偷跑的就是琉希卡小姐嘛～」

「不檢點的女人。」

「蕾、蕾琪！那種說法不覺得太過分了嗎？」

「討厭～琉希卡不要臉～」

「屁股是安產型～」

「妳說的不檢點不是那個意思吧！」

之後，她們三人開心地喧鬧起來。

我一邊看著她們，一邊把有點涼掉的紅茶往嘴裡送。

「我、我、我真的來了……」

將帽兜深深拉下的希娜，東張西望地環視周圍。

不過沒有任何人注意到希娜的真實身分。

要是希娜被人發現是希娜，勢必會引發莫大的騷動。

畢竟希娜是那位擁有「狡詐殘暴的化身」之稱的魔王——凱薩之女啊！

「雖然猶豫了很久，但是沒有放棄真的太值得了……！」

看到父王軟弱的身姿後，我便從魔王城飛奔而出，至今已過了十天……

即使知道王都的存在，但我並不曉得通往王都的路徑，有時飛到了完全不同的國家，有時則一直在海面上空兜圈子……

總而言之，希娜經歷了很痛苦的體驗。

但是希娜絲毫不願放棄，奮力地抵達王城，這全都是因為那裡有著梅歐恩王國第一大的書店……！

毀、毀滅人類當然很重要。但是既然難得都來到了王城，至少也想逛一下書店嘛。

因為希娜愛讀的《我被笑稱是弱小的後衛術士，但其實我……！～不可靠的那個人，讓我看到他在戰場中威風的身影～》只有這裡才有賣！

這本書的精彩之處，就是那個英雄角色——後衛術士喬恩所展現的反差。

平常總是露出不可靠的笑臉，像個濫好人一般。但是當主角陷入危機時，喬恩的表情就會驟變，變得非常威風。

這點最讓人欲罷不能了啦～

那就好比「會激起人們的保護慾的小狗，勇敢努力的瞬間」……不管讀幾次都太打動人心了。

讓帕魯卡調查後，我得知這部作品的銷售狀況似乎不太樂觀，所以似乎在王城的大型書店才買得到……

聽到最終集開賣之際，希娜便坐也坐不住了。

儘管是帕魯卡偶然在一個被毀滅的村子撿到的書，卻也陪伴我許多歲月。

至今為止，希娜總會一直忍耐到帕魯卡幫我找到新刊回來。然而只有最終集，希娜想看沒有沾滿血漬的新書。

「要、要出發嘍……」

希娜用手按住帽兜，避免斗篷脫落，同時邁出步伐。

希娜頭上長著與父王相同的角。雖然還很小根，但被看到的話，魔族身分立刻就會曝光。

雖然我不抗拒大鬧一場，但在得到新刊之前，還是要老實一點才行。

「呃、嗯~……應該是在這裡……」

「嗯~……接下來去右邊好了……」

「……咦？感覺剛剛已經走過這邊了耶……」

這、這下希娜該不會……

「迷路了……！」

以大書店為目標走了數十分鐘，希娜徹徹底底地迷路了。

「為什麼王城會這麼大啦……！」

周圍都沒有類似地圖的東西，真傷腦筋……

而且沒想到住在王城的人類如此冷漠！

希娜的打扮的確有點……真的只有一點~點可疑。但就算主動搭話，每個人都會避開希娜。

都是他們，害人家到現在還沒抵達大書店……人類果然還是滅絕掉比較好。

「嗯～該怎麼辦好呢……」

正當我想避人耳目而在巷子內思索接下來的打算時……

「喂，你這傢伙是混哪的？從剛才就一直碎念，可疑得不得了。」

外表十分粗野的大漢對希娜搭話。

「反正是從鄉下來的窮光蛋吧？那件斗篷真是有夠破的啊。」

大漢露出猙獰且下流的笑容，讓人立刻就能理解：「啊，這傢伙瞧不起希娜，把希娜當成弱者了吧。」

因為那副表情，很像希娜的同族欺壓人類前的表情。

這下事情麻煩了呢。

要血祭他也不是不行，但事後處理很費功夫。

斗篷上要是沾上這個男人的血液，就不能在大街上走動了。也就是說，會無法取得新書。

我想找個安靜的地方而選擇來到杳無人煙的巷子，這樣也錯了嗎……

雖然說是王都，但像這樣的場所還是會有小混混出沒呢～

「喂！你這傢伙，竟敢一直無視我！」

「汪汪叫的，還真是隻吵鬧的小狗呀……」

「這小鬼……竟敢小看我！看我殺了你！」

大漢高舉拳頭。

慢到不禁讓人想打哈欠。

動作實在遲緩，真敢說出「要殺了希娜」這種大話呢。完全是典型的只有體格的男人啊。

……沒辦法。雖然會造成騷動，但遠比買不到新書要好多了。

這次就只折斷他手臂，放他一馬吧。

如此決定的希娜，等著大漢的拳頭揮落而下——

「喂，突然使用暴力不太好吧？」

——等是等了，巨漢的拳頭卻沒有揮下。

因為大漢被另一個身穿斗篷的男子給抓住了手臂。

「搞、搞什麼！可惡，手臂動不了！」

他沒有認知到自己的手臂被人抓住了……？

……喔，原來如此。

那件斗篷被施予了「認知阻礙」的魔法啊。

況且還是相當高水準的魔法。光是一件斗篷，就必須動用相當不得了的金額，是件逸品

啊。

倘若沒有到希娜這個程度，連那邊有東西存在都無法識破吧。

「請你在此退場吧。」

「唔哇啊啊啊啊！」

大漢依然不明白自己遭到什麼力量驅使，就那樣被拋飛出去。

……嗯，真是精湛的過肩摔。

看那運用身體的本領，可以得知對方累積了相當多的訓練，也能理解為何會持有那件斗篷了。

「幽、幽靈啊啊啊啊！」

噗……真是沒出息～

大漢鐵青著臉，痛感自己的不成熟，夾著尾巴逃跑了。

好，接著就等那位幫了希娜的好心人離開吧。

雖然一點都不需要他的幫助，但看在人家的心意上，這次就放他走好了。

既然穿著那領斗篷，便表示對方不想被人認出身分，應該也不需要希娜道謝吧。

好了，快離開吧——

「那、那個……！」

——希娜卻不禁叫住了他。

希娜用結結巴巴的人類語說道，甚至不確定發音是否正確。

此刻的我，就是如此興奮與緊張。

男人也沒有想到會被叫住，環視四周後，發覺自己與希娜對上了視線。

「呃……妳叫我嗎？」

希娜用力地點了點頭。

「咦，真奇怪，照理說不會被人注意到才對啊……」

他會摸不著頭緒也不奇怪。

若不是希娜，他的善行勢必會不為人知地結束。

但正因為是我，才發現了他。

沒錯。所以反過來說，這就是……所謂的命運呀！

「那個……那個……」

有件事一定要向他確認。

希娜會叫住他的理由，也是因為想知道那件事。

如果……如果那不是我看錯……

「可以請您脫下帽兜嗎……？」

聽到我如此表示，他露出了看似無可奈何的表情，爽快地拉下戴在頭上的帽兜。

「哈哈，被發現了啊。」

他露出了黑髮——從中間分至兩側的蓬鬆髮型。眼眸能讓人感受到他的溫柔。有如濫好人般的笑容，絲毫感覺不到任何銳氣。

怎麼看都做不了這類粗暴的舉止。但他幫助希娜時，展現出身經百戰的強者般的氛圍。

「……好厲害。」

「不好意思，這件事要保密喔。」

「太厲害了～！」

「嗄？」

希娜在他周遭繞啊繞地，從各個角度確認他的容貌。

啊……從頭到腳都跟《我被笑稱是弱小的後衛術士，但其實我……！～不可靠的那個人，讓我看到他在戰場中威風的身影～》裡的喬恩一模一樣啊～！

好厲害，太厲害了！這樣的奇蹟真的會發生嗎！

兩者的形象十分吻合，讓我忍不住猜想：「該、該不會……故事的原型就是他吧？」

「呃……所以妳為什麼會在這裡呢？要找旅店的話都在商業區域，是在反方向哦……」

「……啊！對了！其實希娜我不小心迷路了……」

「啊～原來如此。需要我幫忙帶路嗎？」

真、真是個溫柔的人啊。

這位果然是喬恩的原型吧……？跟其他的人類不一樣呢～

但是都已經被他幫忙了，不能再給他添麻煩。

畢竟現在的希娜就是顆會走路的炸彈。要是我們走在一起時，希娜暴露了魔族的身分，連他也會被懷疑吧。

太糟糕了，他會被人類給迫害也不一定……嗯？……那樣一來，希娜把他帶回去魔王城不就沒問題了嗎……？

「……？」

不、不行啊，希娜！恩將仇報是魔王族的恥辱！

要搶奪的話，就要堂堂正正從正面出手！

面對打扮可疑的希娜，他卻用真誠的眼神看待我，我不能欺騙這樣的好人！

「妳知道自己想去的地方叫什麼嗎？」

「知、知道！其實我要去的是大書店……」

「原來如此。其實很好走唷。」

「真的嗎！」

「請稍等我一下。」

喬恩（暫定）再次戴上帽兜，抽出一張紙，唰唰唰地畫了起來。

「好，給妳。我畫好前往大書店的地圖了。」

「非、非常感謝！」

「本來想親自帶妳去的。但我也在買東西的途中，抱歉喔。」

「請別這麼說！」

因為希娜還是第一次被這麼溫柔地對待……

「那麼，希望我們能在某處再相見嘍，希娜小姐。」

「！一定能再見的！到時候我一定會好好道謝！」

「哈哈，我會期待的。那再見嘍。」

向希娜揮揮手後，喬恩（暫定）便離開此處。

希娜呆呆地望著他的背影。

……真棒，那個人真是太棒了……怎麼會有如此激起人家保護慾的人啊。

好想要他，希娜真的好想得到他。

「希娜大小姐！」

希娜盯著他的背影，直到消失在視線為止。此時有道熟悉的聲音呼喚了希娜的名字。

回頭一看，只見是跟自己一樣穿著斗篷的帕魯卡。

「哎呀，帕魯卡，為什麼妳也來到王城了？」

「我是因為魔王陛下的命令，才會追著希娜大小姐前來的。請問您這陣子躲在哪裡呢？」

「躲？希娜今天才剛到而已哦，因為我迷路了嘛。」

「……我好像太小看大小姐的愚蠢了……難怪找也找不到……」

帕魯卡嘀嘀咕咕地抱怨了兩句。

她的壞習慣就是會想太多。明明不管遇到什麼事情，只要隨心所欲地行動不就好了嗎？

「……唉，先不管這件事了。您的身體沒異樣吧？」

「異樣？怎麼可能？妳在說些什麼奇怪的事呀？」

「奇怪的是大小姐。剛才的男人叫做吉恩，可是勇者小隊的一員啊！」

「什麼！連名字都那麼像？」

「呃？名字……？」

「啊，說錯了。那、那麼出色的人是勇者小隊的……？」

「呃？出色的人……？」

「這個可沒說錯唷。」

「希娜大小姐？」

怎麼可能……！

無論怎麼想，他都跟打敗父王的女人完全相反……啊？該、該不會……！

「好了，希娜大小姐，買到想要的書以後，我們就先返回魔王城吧。魔王陛下也在擔心您呢。」

「……不，帕魯卡，我現在有了另一個想要的東西。」

「另一個……咦？您該不會……是說那個男人吧？大小姐……」

「對，就是那個該不會哦～！」

希娜終於懂了。

在勇者小隊裡，吉恩大人被當成奴隸對待了！

倘若是同一支隊伍的成員，買個東西應該會同行吧！她們卻全推給他一個人……

此時此刻，那些女人絕對是用打敗父王所獲得的獎賞，丟下吉恩大人去揮霍玩耍了！

吉恩大人很溫柔，想必毫無怨言地接受了吧。真是可憐——真是孱弱又可愛啊！

必須由希娜來保護他才行！

「收、收手吧！要是擄走那個男人，勇者小隊會全力阻止我們的！」

「哎呀？為什麼？」

「再過不到十天，勇者小隊就要舉行婚禮了。而新郎只有吉恩一個人。也就是說，這證明了隊伍全員都跟吉恩相親相愛呀。」

「呿、呿、呿，妳錯了，帕魯卡。」

他只是被迫簽下名為婚姻的奴隸契約而已，她們的目的是讓吉恩今後再也無法逃離自己的手中。

再說，要是他們真心相愛，應該會選擇其中一個才對吧。

《我被笑稱是弱小的後衛術士，但其實我……！～不可靠的那個人，讓我看到他在戰場中威風的身影～》的主角就是這樣，真正愛著的人是喬恩，而且也只愛著喬恩一個人啊！

在簽下一輩子的奴隸契約之前，希娜與他相遇了。

而他就是我愛讀的故事中登場的英雄。

這無非是惡魔神的指引。

既然如此，回應這個命運，便是繼承魔王血脈之人的使命！

「希娜決定了。」

「我大概預想得到就是了……您決定要做什麼？」

「要把吉恩大人帶回魔王城！」

「唉……果然變成這樣了……您要如何說服魔王陛下？我不覺得現在的魔王陛下會認可

這種事。」

「要跟人類友好相處，勢必得理解人類！只要這樣說，父王應該就能理解啦！」

況且這不是普通的綁架。

而是為了拯救吉恩大人的綁架呀！

如此一來，但凡父王有任何意見，我都能完美反駁！

「希娜絕對要把他帶回去～！」

「嗚～受不了了……我想回家……」

「妳為什麼要哭哭啼啼的？既然決定好了，就趕緊來開作戰會議吧。快帶我去妳躲藏的地方。」

沒錯，這也是希娜的初戰，機會難得，希娜要以魔王之女的身分華麗登場。

在婚禮進行時動手應該是最棒的時機吧？趕在誓約之吻前從天而降，瀟灑地在眾人面前把被囚禁的吉恩大人帶走。

「真是完美。」

「我明白，大小姐絕對在想些沒頭沒腦的計畫……」

呵呵呵，吉恩大人，請等著希娜吧。

魔王之女希娜將會回報這份地圖的恩情，將您給救出來的～

……啊！得先去買最新刊才行！

◇◇◇◇◇

「……不知道剛才那女孩順利抵達了沒？」

「吉恩，怎麼了？」

「沒事啦，我們繼續吧。」

「不需要手下留情，全力上吧。」

「要是面對蕾琪還留一手，我瞬間就會被解決掉了啦。」

買了些東西後，我回到王城，正在城堡內寬廣的中庭與蕾琪對練。

由於這幾天都在念書，蕾琪累積了不少鬱悶，我打算為她紓解壓力。

這看起來是個不錯的恢復手段。蕾琪因腦袋當機而呆滯掉的表情，總算逐漸變回原樣。

「嘿！」

她一劍橫砍而來。然而聽那可愛的吆喝聲，難以想像其斬擊速度之快。

相對地，我以手中的短劍碰撞「聖劍」的劍身，猶如滑開它一般讓軌跡偏離，藉此化解威力。

我持有的加護「早熟」，能讓我在年幼時期比他人成長得還要快速。然而此加護的缺點是未來的成長幅度很小。

但「早熟」厲害之處，在於無論在哪種領域都能發揮作用。

假如要學習魔法，到中級為止的魔法都能快速學會；學習體術的話，儘管無法到達高手的境界，卻也能練就相當程度的身體控制能力，已足夠活用於戰鬥中。

倘若無法在一個領域之中到達巔峰，那就增加手牌即可。

這就是我為了幫上蕾琪她們而選擇的道路。

「挺會的嘛～那就換這招。」

「唔喔……！『冰劍召喚（Ice Blade）』！」

蕾琪加快了揮劍的速度。見狀，我立刻以魔法做出冰製短劍，用兩把武器撐過她全部的斬擊。

斬擊數量多到只要搞錯某個步驟，一瞬間就會打破對峙的平衡，可見蕾琪有多麼想要活動筋骨啊～

「嗯，吉恩果然適合使用靈活的武器。」

接下了數十回的攻擊後，蕾琪停下動作。

她看起來已經心滿意足了。

見到她滿足的模樣，我也大大呼了口氣。

儘管對蕾琪來說很輕鬆，對我來說卻是無法大意的比劃。要是一個不留意，立刻就會屈居下風。

「畢竟我的優點就是手腳靈活嘛。」

「不過最好再強勢點，吉恩從一開始就太趨於守勢了。」

「唔……心裡有數的地方太多了。我會注意的。」

真的跟蕾琪說的一樣～

或許是因為跟比自己強的人對打吧，總覺得自己常常會不自主地轉為防守。

畢竟當我無論如何都想贏時，縱使對手比我強，抓空隙反擊也是很有成效的。

但倘若沒有展現攻勢，就會讓對方的氣焰變強。畢竟我也沒必要讓自己陷入苦戰嘛。

以後得多加注意落實攻守平衡才行。

「好乖好乖。」

蕾琪踮起腳尖，摸了摸我的頭。

我稍微蹲下來，讓她方便摸我的頭。這似乎讓蕾琪很滿意。

「兩位辛苦了。來，請用毛巾。」

「我們帶午餐來了，有飯糰哦。」

「「耶咿！」」

優莉與琉希卡與我們會合，大夥兒一起坐在草皮上享用午餐。

不愧是在王城內。這裡的草皮養護得宜，不用鋪野餐墊也足夠柔軟，坐起來很舒服。

「蕾琪，吃飯糰以前要先洗手哦。」

「嗯，對喔。吉恩，幫個忙吧。」

「好。『水流(Water)』。」

「冰冰的好舒服。」

洗好手的蕾琪就那樣捧著水，洗掉臉上的汗水。

「吉恩，用那個，風吹得很舒服的那招。」

「嗯，沒問題。『清風(Wind)』。」

「啊～涼涼的，要活過來了～」

蕾琪迎著魔法生成的風，反應宛如純真的稚子，十分可愛。

我以前也常常這樣跟老爸互動。

在炎熱的日子裡，我們會從頭頂上澆水下來，然後揮動木板為彼此搧風。

以炙熱的視線看著我們的互動的，還有一個人。

「怎麼了嗎，琉希卡？」

「琉希卡也要嗎？」

「我沒有流汗，所以不用了。我只是在想吉恩真的很靈巧，記得你也會使用其他屬性的魔法吧？」

「對啊，學會總比不會好吧。不過上級的我就學不來了。」

我說著，並從手中接連發出別種屬性的魔法。

「火球(Fire Ball)」、「雷球(Thunder Ball)」、「土球(Sand Ball)」、「光球(Light Ball)」……

各個屬性都有它們的特徵，會得越多就越能應付各式各樣的狀況。

其中我尤其喜歡的是光屬性魔法。

因為光魔法的支援效果優於攻擊，非常適合我。

「一般僅限於一種魔法，多一點也不過學兩種，不然只會變成半吊子而已。但要是能運用到像吉恩這個程度，同樣能構成對方的威脅呢。」

「怎麼說？」

「因為不曉得你會施放什麼樣的魔法呀。如果無從判讀你的攻擊手段，不就能讓對方打得很辛苦了嗎？」

「……原來如此。也有這種用法啊……」

「我知道吉恩總是為了我們而行動。可是你可以再自由一點唷。」

「哈哈，沒想到在討伐魔王之後還能學到這些……謝謝妳教我。」
「不，其實是我一直依靠著你的支援。現在我們已經打倒魔王，我才在想或許可以挑戰新的戰鬥方式了。」
「事到如今才說可能有點晚了……但我們會請吉恩先生離開隊伍，只是因為對手是魔王，如果敵人是幹部位階，您的實力已經足夠對抗了。」
「嗯，吉恩可以再有自信一點。」
蕾琪說著，跑到──盤腿而坐的──我的大腿上坐下。
被這個陣容說到這個地步，還會有男人提不起自信嗎？
越聽我越能深刻理解，自己的思維其實很保守。
……曾幾何時，我變得總是只想著該如何輔助大家。
我並不討厭這個職責。況且能夠以隊伍成員的身分幫助大家，我也很高興。
但是從今以後，我或許可以不要被自己的觀念束縛，嘗試放手去發揮。
「……聽了妳們兩位的建議，突然好想接個任務喔。」
「贊成。婚禮結束後就去辦冒險者登記，然後來接任務吧。」
「我們最近這陣子也沒有活動身體，有點擔心身手會退步呢。」
「好主意！做個便當，就像去野餐一樣，一定會很開心的。」

「那就決定了。好興奮。」

「為了這個目標，蕾琪下午的課要認真上唷。」

「嗚……吉恩～」

「哈哈哈，我會陪妳啦。一起加油吧。」

「……嗯。雖然我討厭念書，可是會加油的。」

「蕾琪好棒喔。」

我摸了摸她的頭，就像她剛剛對我做的那樣。

蕾琪瞇起雙眼，有點搔癢似的扭動身體。

「吉恩先生，您也可以摸摸我這裡唷。您看，可以戳唷。」

「我覺得沒有人會這麼笨，在大庭廣眾之下光明正大摸女生胸部吧。」

「……優莉這麼想要給人摸的話，那我來代替吉恩好了？」

「咦？啊！等等琉希卡小姐！不可以這麼粗魯！會被扯掉！會被扯下來啦！」

「那不是剛剛好嗎！就能體會我的心情啦！」

「走吧，蕾琪，差不多該回城堡裡了。」

「嗯，她們好像也很開心嘛。」

「兩位！是、是我錯了，救救我啊！這個人是認真想扯下來呀！」

Life 1-4

一生一次的結婚典禮

直到不久前都還日以繼夜處於戰事之中的我們，實在難以習慣面對書桌與書本四目交接的課堂。

因為要用上專注力，總感覺時間的流速很快，沒多久一天就過去了。

在學習的閒暇時間，我們會討論關於婚禮的流程。

只要將我們的要求告訴王國方，他們就會聽取意見並安排進行程表。

正如烏瓦爾特陛下所言，王國盡心盡力地進行著準備。

最後展現在我們眼前的，是鋪設在大馬路中央那紅通通的絨毯，以及為了防止觀眾闖入而設置的木柵欄。

勇者小隊的婚禮前夕——

烏瓦爾特國王下達旨意，今晚所有店家都必須在日落時打烊，並且禁止民眾外出。

因此我們四人——披上琉希卡手工製作的斗篷——以輕鬆的心情，走在自王城的入口綿延的紅色絨毯上。

「……明天要在大家眼前走在這上面啊。」

「一定會非常熱鬧。你們看那邊。」

琉希卡手指的前方排滿了攤販，數量多得看不到盡頭。

聽說提交申請後還要抽中籤才能開設攤位，那些攤位會從大馬路設置到分支而出的支線道路上。

「證明商人預料這裡會有相當的人潮湧進啊，任誰都能預測到這裡將會聚集大批人潮。」

「國王陛下規定在王城附近的場所開店，需要付費購買權限，可是好像一瞬間就賣完了呢。」

「哈哈哈，烏瓦爾特陛下真會做生意。」

「不過很讓人高興呢。畢竟這裡要是空空如也，我以後可能會羞恥到不敢公開亮相了。」

「我好像也會這樣想。」

然而現實並非如此。眾人尋求著我們，尋求著擊垮魔王軍幹部，並討伐萬惡根源魔王的英雄。

驀然回首，我們除了隊伍的成立儀式以外，一直都使用那個祕密入口。像這樣堂堂正正地走在眾人面前，已經十分久違了。

王都是距離戰場最遙遠的地方。這裡的人們一直都只能透過烏瓦爾特陛下發布的情報，得知勇者小隊的消息才對。但是……

「吉恩，你在緊張嗎……？」

「……有一點。蕾琪好像都不會緊張耶。」

「嗯，因為這是我的夢想。」

蕾琪小跑了幾步，站到我們眼前，將她小小的雙手大大地張開。

「明天，我們會在這裡結婚，成為真正的家人。」

如此宣告的蕾琪露出笑容，那是一抹甚至能勝過女神般的美麗笑靨。

她看起來快要無法壓抑滿心的喜悅了。

「可以跟吉恩、優莉、琉希卡……跟我最喜歡的人們變成家人。」

正因為曾遭受過家人惡劣的對待，她現在的發言才如此別具意涵。

蕾琪的心情清楚傳達到我們心裡。

「這件讓人欣喜的事情能得到普羅大眾的祝福，總覺得幸福無比。」

聽到她的話，我們三人面面相覷。

接著，大家都面露柔和的微笑，一起跑向蕾琪身邊。

「我也很幸福啊，蕾琪！」

「我們要讓明天變成最棒的日子唷，蕾琪！」

「妳說的話也太讓人高興了吧！我高興到眼眶都有點濕了啦……！」

「哇噗……好，好痛苦……」

「現在給我乖乖忍下來！」

明天絕對要好好享受。

任誰說了些什麼，我們都是主角。

無論人生重來幾次都體會不到這個機會，沒有享受到就太可惜啦。

把蕾琪抱緊處理之後，我們就那樣大大張開手腳，隨意躺在絨毯上。

「……星星好漂亮。」

夜空中浮現的繁星，彷彿用光輝提早世人一步為我們祝福。

◇◇◇◇◇

「「唔喔喔喔喔喔喔～！」」

「呵呵，你們兩個好像很高興呢。」

「人潮比我想像的還要多好幾倍耶……討伐魔王究竟是多麼偉大的事蹟，我終於知道了。」

我們在王城裡面，從上方眺望眼前的景色。

蜂擁而至的大批群眾，比肩繼踵地聚集在街道上，即使我們在城堡中也能聽見他們的聲援。

「你們看那邊，有個小孩戴著我的面具。」

「哈哈，真的耶。哦，那個人拿的旗子上畫著我們四個耶。」

「哇，畫得好可愛唷。」

「明明還有一個小時才開始，真的好熱鬧啊。」

「人潮還會再增加吧，畢竟也有人是從別的地區來的啊。」

「啊，國王來了。」

看到聚集而來的國民數量，烏瓦爾特陛下似乎按捺不住喜悅，「咯哈哈」地笑出聲來。

想不到今天主持婚禮的神父，居然會由烏瓦爾特陛下親自擔任。

我們如同字面所述，將成為一國之主所認可的公認夫妻。

「哎呀～晴空萬里真是太好了，得到女神的祝福啦。」

「這或許也是擊敗了魔王的獎勵吧。」

「說得對。那麼朕來到這裡的用意，你們知道嗎？」

烏瓦爾特陛下「乒」地把手放到我頭上。

當然知道了，因為我們還穿著與平時毫無兩樣的服裝嘛。

「你們的禮服已經準備好了，各自前往朕準備好的房間吧。」

我們看向烏瓦爾特陛下的後方，只見要引領我們前去的守衛與僕人們排成一列低頭行禮。

「他們長年在城堡內工作，各個都是工作表現值得信賴的老手。交給他們的話，也不必擔心會丟臉。」

『今日還請多多指教。』

他們的聲音與姿勢整齊劃一。看到這些男侍與女僕，便能理解烏瓦爾特陛下所表達之意。

「更衣後的行程，各位都已經知道了吧？」

我們點頭回應國王。

「換裝完成後會先回到這裡，再用琉希卡的魔法轉移至王都入口。接著，在那邊待機的守衛們會與我們一同走回王城。穿過正門以後將會交換誓言，再交換戒指……是這樣吧？」

「唔嗯，完美。看來朕不必擔心了。」

這段期間，我們已經無數次地背誦這些行程了。

身為接受眾人祝福的一方卻又混水摸魚的話，怎麼行嘛。

「那朕就先下樓了。畢竟朕可不能在主角之後才登場啊。」

說完，烏瓦爾特陛下淡淡地咧嘴一笑。

多年來為我們盡心盡力，用任何話語也道不盡對陛下的謝意。

當我回過神來時，已經低下了頭。

「抬頭吧，吉恩。你們左右了梅歐恩王國的未來，今天可是你們的大日子，你要用『臭老頭就給我去暖暖場吧』的心態面對啊！」

「我花一輩子也不敢這麼想！」

「咯哈哈！只是舉例罷了——好了，你們去吧。朕可愛的孫子孫女啊，朕會在下面期待著的。」

烏瓦爾特陛下只留下這麼一句話，便走出了房間。

……好厲害，我以後也想成為這樣的人物。

被眾人稱為賢王，受到國民愛戴。他的威嚴與風範深深刻印在我心底。

「……走吧，吉恩。」

蕾琪悄悄站到旁邊，握住我的手。

「對呀，國王陛下看起來相當期待呢。」
「看我用穿婚紗的模樣好好嚇他一頓。」
「……這樣說有點不太對吧？」
「咦……？」
「我先說清楚——最期待大家穿婚紗的樣子的，可是我這個新郎啊！」
聽到這番宣言，蕾琪她們的眼睛睜得圓圓的，隨即便露出相當滿意，卻又像小孩子惡作劇般的笑容。
「呵呵。既然如此，為了滿心期待的吉恩先生，我也必須把自己妝點得超級可愛才行呢。」
「嗯，我會變得世界第一可愛給你看，可愛到吉恩會再迷上我一次。」
「我們要讓你再也看不上除了我們之外的女生，做好覺悟吧。」
「嗯！我非常期待！」
這樣的對話就像向彼此宣戰般，讓我們歡笑了一陣子。之後我們各自跟著僕人們，被引領至備有衣服的房間。
本應走慣了的廊道，卻顯得比往常來得漫長。
「就是這間房間，吉恩大人。裡頭已經準備好您的服裝了。」

「謝謝。」

這扇門的對面，有著初代勇者穿過的新郎禮服……

初代勇者是男性，所以這回理所當然地由我穿上他的服裝。

噓~……我短短地吐了口氣，旋即氣勢滿滿地推開門。

映入眼簾的是毫無髒汙，宛如雪花般純白的披風。點綴於披風上的黃金裝飾至今仍像新品一般，散發著耀眼光輝。

衣服與長褲則為了襯托披風，染上與之完全相反的漆黑。

遠遠看也能知道一處綻線也沒有。

它究竟被多麼嚴密地保存著啊？親眼見識後，我親身感受到這件服裝本身具有的歷史分量。

「唔……」

心情就如同被它質問——「你有資格穿上我嗎？」

……我確實不像勇者大人那般親手擊敗魔王。

頂多只有幫助「勇者（蕾琪）」而已。以所成就的功績來說，我確實略遜一籌。

然而我愛著我的新娘……愛著蕾琪、優莉、琉希卡。這份心意我自認絕不會輸給任何人

……不，我甚至有自信敢說自己勝過任何人。

「勇者大人……請把您重要的衣服借我一天吧。」

我褪去上衣，輕輕碰觸了那件禮服。

然後緩慢，卻毫不遲疑地將手臂穿過袖子。

「…………」

感受不到任何異樣，相當舒適。

只是穿上衣服而已。這種理所當然的行為，卻讓我有種受人認同的感觸。

「……非常感謝。」

——在我細聲說道的瞬間，禮服便猶如要配合我的體型般緊縮。

「啊！」

發出聲音的是來幫忙我更衣的女僕。

另一方面，我卻心裡有數，得以接受這個狀況。

「……原來如此。這就是各種族和平的象徵嗎？」

這件禮服運用了來自六個種族的材料或是技術。

能配合使用者的體型自動調整大小，是長壽族的魔法。

之所以毫無一絲髒汙，是因為布料中使用了龍人族的鱗片。據說他們的鱗片能彈開所有危害自身的東西。

固定長褲的皮帶所使用的，是獸人族的獠牙，具備連鋼鐵都能咬碎的硬度。

永遠光輝璀璨的黃金裝飾是來自鋼人族的技術。該飾品的中央——披上後剛好位於心臟部位——鑲嵌了一顆寶石，那是連王族都難以入手的魚人族的淚珠。

最後，融合所有材料與技術，並完成這件禮服的——就是人類。

哈哈，原來如此。「準備了所有尺寸」背後的機關就是這個啊。

現在蕾琪她們應該也跟我一樣，對服裝的構造大吃一驚吧。

「吉、吉恩大人，您的身體沒有異樣吧？」

「是，沒問題。我馬上就換好了，可以準備幫我化妝嗎？」

「小、小的知道了。」

我將剩下的褲子穿上去，坐在椅子上。

閉上雙眼，靜候女僕幫我完妝。

應該過了數十分鐘吧。

女僕說了聲「完成了」，我便慢慢睜開眼皮。

此時映照在眼前的鏡子上的，是我上好妝的容貌。變化之大，讓我不禁懷疑那是否真是自己。

眉毛被修剪得相當整齊，臉色似乎也比平時要好得多。

化妝真厲害……！

「畢竟是人生大事。小的保留了吉恩先生的個人特色，並讓您看起來更有威嚴。」

「所以才沒有動我的髮型啊。」

「是的。小的認為吉恩大人比較適合這個髮型……不過現在時間還很寬裕。吉恩大人覺得呢？」

「不用弄頭髮了。謝謝妳把我打扮得那麼帥。」

「您能滿意實在太好了。那麼，最後請披上這件。」

女僕說完，便拿起披風交到我手上。

我穿戴起披風，然後為了防止它滑落，在頸部用細繩打了個結。只見披風也與禮服相同，自動為我調整了尺寸。

我又一次透過鏡子審視全身，至少看起來……不會因為不合身而土裡土氣的。

我抓住披風尾端，「啪～」地展開來看看。

「吉恩大人看起來非常有模有樣呢。」

「……真的嗎？」

「是的。小的以對國王陛下的忠誠發誓。」

「謝謝誇獎。不好意思，因為我不習慣這種服裝，沒什麼自信……」

「很期待讓夫人們看看對吧？夫人們一定會誇獎您很帥的。」

「哈哈哈，那樣的話我會很高興的。」

……其實比起她們對我的打扮的反應，我更想早點看到她們三個穿禮服的模樣。

「夫人們還要花上一段時間。準備好以後，小的會來通知您。現在請您稍候片刻。」

女僕行了禮，隨即退出房間。

房內剩下我。我獨自坐回椅子上，深呼吸使自己冷靜下來。

……連我都能變得這麼帥氣。

她們三個原本底子就很好，要是有王國第一的侍女幫忙化妝，究竟會變得多麼美麗呀？

我絞盡自己為數不多的知識，想像起她們三個身穿禮服的各種姿態。

無論是什麼樣的禮服，毫無疑問都是世界第一吧。三個人都世界第一，我已經如此認定了。

問題在於看到大家以後，我有沒有辦法把持住意識。

如果是討伐魔王之前的我，或許可以咬緊牙關忍耐到極限吧。

但現在的我，徹底察覺自己對她們的愛戀。

以我目前的狀態目睹她們最美的身影的話……

「……今天可能會是我的忌日。」

小心別讓心臟停止吧——我如此心想。

◇◇◇◇◇

「吉恩大人，夫人們在大廳等候您……」

「知道了。」

我沒等對方說完便回答道，旋即大步走出房間。

儘管不到奔跑的程度，但我還是想早一步看到她們三個的模樣。

這一個小時彷彿永恆。

心焦難耐的我，轉眼間便抵達大廳的門扉前。

這扇門的對面就是她們……

我早已預料到自己恐怕會忘掉大部分的詞彙，就像個幼童一樣只會不停地說「好漂亮」、「真可愛」了吧。

……啊～再怎麼煩惱也無濟於事。

畢竟我的嘴巴不可能立刻變得能言善道。只要投入所有感情，大家應該還是會很高興吧。

我所愛上的，就是如此出色的女孩們。

叩叩叩！我敲了三下門說道：

「我是吉恩……可以進去嗎？」

「嗯，請進。」

裡頭同意我進入了。

「……呼~上吧。」

我拍了拍臉頰，讓頭腦清醒一點，然後將門推開。

門扉的對面，就是身穿純白禮服的三人——

「————」

——頃刻間，我的心便被奪走了。

「吉恩，你覺得怎麼樣？我不太習慣穿這種衣服……」

琉希卡羞澀地抓著禮服的裙襬說道。

這件禮服將她的魅力提升到最高點，透過緊緊束起的腰線，鮮明地雕塑出她優美的體型輪廓。

這也是拜她的高挑身材所賜，成功塑造出帥氣、時髦的氛圍，不僅男生，就連女生都會為之憧憬吧。

然而裙襬選用了輕柔甜美的款式，想必是琉希卡的少女心使然。

這套服裝不僅帥氣，連她內在中少女的一面都展現了出來，相當符合琉希卡的形象。

「妳真的……真的好漂亮，漂亮到想畫成圖保存起來。」

「……平常沒機會讓人誇獎我的衣著打扮，真讓人害羞呢。」

「等下！吉恩先生！也請看看我！我現在很可愛耶！」

優莉鼓起臉頰，握住我的手說。

對照起來，她的可愛誠然是種「暴力」。

看到身上一襲禮服的優莉，突然有股衝動侵襲而來，使我不禁喃喃地道出了一聲：「好可愛……」

垂墜造型的裙襬彷彿彰顯著自己的存在，稱之為「公主的禮服」也不為過。

她的腰上綻放了一朵緞帶製成的花朵，使優莉無論從哪個角度來看，都是位宛如公主的新娘子。

這套禮服十分適合優莉，說它正是為優莉量身打造的也不奇怪。

「我覺得它將優莉的魅力激發出好幾倍來了，真的非～常可愛。」

「討厭啦，吉恩先生……您一直盯著人家看，人家會害羞的。」

「因為真的很可愛啊，會讓人想一直看下去。」

「最後是我，吉恩的真命天女。」

蕾琪拉起裙襬，強調「現在輪到我」了。

正面看到她身穿禮服的模樣——讓我不禁瞥開視線。

我一直以為自己已經清楚知道她有多可愛。然而不得不說——我太天真了。

仔細畫了妝並穿上婚紗的她……居然如此惹人憐愛，讓我的心臟不禁鼓譟了起來。

那是件毫無多餘的裝飾，十分正統的婚紗。禮服的肩帶掛在上臂兩邊，是件稍微強調上圍的款式。

從上到下都以蕾絲妝點，華麗度實屬第一，無庸置疑。

或許是因為她穿了高跟鞋，面對面的距離比平常還要接近，讓我不禁有點慌神。

「吉恩，你怎麼了？肚子痛嗎？」

「呵呵，才不是呢，蕾琪。吉恩先生一定是……」

「對，他一定是對蕾琪的打扮深深著迷吧。」

「……？是這樣嗎？吉恩？」

蕾琪從下方窺視我的表情，那翡翠色的眼眸飽含著期待。

「……嗯。妳好漂亮，蕾琪。」

「……吉恩喜歡真是太好了。」

莞爾一笑的她，真的是最美麗的新娘子。

不只是蕾琪，優莉也是，琉希卡也是，她們都是出色的女孩，嫁給我甚至有些暴殄天物。

我要讓她們幸福。

不曉得自己已如此下定決心了幾次。我的心中燃起絕不會熄滅的決心。

「不過要說一見鍾情的話，我們也一樣。」

「吉恩先生平常也很帥，但今天帥上好幾倍！」

「嗯！完全不輸給衣服本身，非常適合你唷。」

「感覺很害羞耶……都是多虧了衣服跟侍女啦。」

「咦～～？那我們的可愛也是多虧衣服跟侍女嗎？」

「不是！絕對是妳們三個本來就很可愛又很漂亮，我自己也看得目不轉睛……」

「對吧。我們的想法也一樣呀。」

「……哈哈，輸給妳了。」

完全說不過她。

但我倒不會覺得不高興。

「不過多虧侍女幫忙，的確也讓我們看起來更漂亮了。」

「嗯，畢竟我不會化妝嘛。」

「蕾琪她呀，本來可是打算不化妝出席婚禮的唷！我們都嚇到了呢。」

「因為我就算是平常的樣子也很可愛嘛。」

蕾琪面無表情地說著，一邊伸出雙手比了個勝利手勢。

或許是氣氛使然吧，她看起來比平常加倍可愛。

看到她們作如此打扮，肯定會有別人愛上她們吧。

啊……雖然知道這樣的情感很醜陋，但我真想就這樣獨占她們啊。儘管想獨占她們，可是……

「……有很多人是為了見妳們一面而來的哦。」

我向她們三人伸出手。

「好，我們走吧。」

為了立下愛的誓言，我們邁開腳步，前往觀眾們面前。

◇◇◇◇◇

通往王城的大馬路上聚集了人潮，只為親睹勇者小隊一眼而來。

王國的守衛沿著紅毯警戒周圍，就連他們也被群眾推擠，人群密集度之高可見一斑。

隨後，群眾似乎注意到我們的現身，歡聲變得更加響亮。

「『勇者』大人來了～！」

「呀～～！琉希卡大人，請看這邊～！」

「『聖女』大人！真的很感謝您的照顧！多虧有您，我們才能一家和樂地生活下去！」

「吉恩先生！漫長的旅途辛苦了！」

我們走在紅毯上。無論到哪處，歡聲都猶如雨點般沐浴在我們身上。

那些聲音中也有呼喚著我的名字，讓我忍不住會想停下腳步。

「…………」

「怎麼了，吉恩？要跟民眾揮手呀。」

「啊、嗯，妳說得對……說得對……」

我向那些聲援我的孩子們揮了揮手。

蕾琪她們同樣面帶笑容，回應那些專程前來祝福我們的觀眾。

直接聽聞眾人感謝的聲音，便能深切感受到我們至今經歷的種種都有了成果。

雖然我在最終決戰前離開了隊伍……不過若把這件事講出口，琉希卡會生氣，所以我不會說出來……

『你要那樣說的話，我也沒資格待在勇者小隊了，因為打倒魔王的是蕾琪跟優莉她們兩個呀。』

『對，因此琉希卡不能當新娘了，拜拜。』

『這懲罰也太嚴苛了！』

其實我們在老家曾有過這段對話，現在回想起來也很令人懷念。

蕾琪被選為「勇者」，我因為擔心她而一同踏上旅程……

結交優莉與琉希卡這些重要的夥伴，我們一路闖過了痛苦的戰役。而這段旅程的終點，則是我與大家的婚禮……

一切經歷都相互串連，讓我覺得這就宛如命運的指引一般。

「欸，蕾琪。」

「怎麼了？」

「妳會慶幸自己被選為『勇者』嗎？」

「……會，因為我現在很快樂。」

「這樣啊……那就好。」

「你們兩個～是打算自己親熱嗎？」

「要讓我們一起加入才行啊……嘿！」

優莉與琉希卡勾住了我的兩隻手。

蕾琪就那樣被擠了出去，看起來卻毫無惱色。

她回頭看向我們，「哼」地笑了一聲。

「妳們還真緊張。就讓給妳們吧，因為我是大人嘛。」

「「…………」」

緊接著，蕾琪像往常一樣，用雙手比出勝利手勢。

欣喜於能見證蕾琪成長的同時，我也心想——下次一定要教會她不要去挑釁人家。

儘管兩人因為在公眾面前而有所克制，但相對地，她們更用力地抱緊我的手臂。

忍住這陣疼痛，也是為人丈夫的職責吧。

我們若無其事地再次踏出步伐，前往王城。

之後大約走了十幾分鐘。

終於抵達了正門敞開的城堡前。

入口處有特別設置的主聖壇，烏瓦爾特陛下正站在上頭。

「吉恩，你看那裡。」

「啊，真的來了。」

蕾琪的視線前方，是烏瓦爾特陛下設置的付費席位。而我的父母親就坐在那邊的其中一

個角落。

因為我們所有人都希望他們能來參加婚禮。

兩人平時開朗樂天，今天卻顯得有些僵硬緊張。

想必是因為他們未曾料想到來參加兒子的婚禮，居然會坐在眾多貴族之中吧。

也許是因為烏瓦爾特陛下借了衣服給他們，兩老唯獨服裝不輸給周圍的貴族，但光看舉動便一目瞭然。

看到面色鐵青的老爸老媽，我們也忍不住嘴角上揚。

「……父親大人跟母親大人平安抵達，真是太好了呢。」

「對啊。不過看那副表情，當事人搞不好在想『饒了我們吧』。」

「呵呵，好期待回到老家喔。」

其實我想出聲向兩老道謝，但一旦讓他們的身分曝光，有可能會害他們被捲進某些爭端。

所以我帶著感恩之情對付費席揮揮手，代替一聲「謝謝」。

如此這般，婚禮即將來到最終章。

「現在將進行討伐魔王的授獎典禮，以及勇者一行人的結婚典禮！」

烏瓦爾特陛下一改和藹老爺爺的氛圍，不同於平常的聲音響徹周遭。

我們按照之前彩排過的，單膝下跪並低下頭。

「蕾琪・阿里亞斯、優莉・菲莉希亞、琉希卡・艾爾・莉絲蒂亞、吉恩・蓋斯特，這段征討魔王的漫長旅程，有勞各位了。」

「由於各位出色的表現，致人們於苦難的魔王已被消滅。今天能夠舉行典禮，令朕感到萬分欣喜。從今以後，包含人類在內的六大種族，將進入和平的時代，我等勢必邁向繁榮。」

「因此，為了讚揚諸位的活躍，朕將賜予獎賞！」

烏瓦爾特陛下的宣言使萬眾情緒沸騰，王都中充斥了掌聲、口哨與大鼓等聲響。

「首先是吉恩・蓋斯特！朕將冊封其男爵之爵位，並賜予與爵位相稱之土地作為其領地！」

「鄙人無比榮幸，必將全心全意為國王陛下貢獻一己之力！」

我站起身，走近烏瓦爾特陛下跟前，收下了蓋有印璽的證明書。

這是一份重要的文件。只要有了這個，便能證明我擁有身為男爵的權力。

我將證明書小心翼翼地夾在腋下，回到原本的站位，隨即再一次行禮。

「接著是蕾琪・阿里亞斯、優莉・菲莉希亞、琉希卡・艾爾・莉絲蒂亞。由於三位願望相同，朕特來實現諸位的願望。開始典禮吧！」

理解這句話的含意後，王國人民的歡聲變得更加沸騰。

我們起身互望一眼，配合彼此的步伐，一同走向烏瓦爾特陛下等候著的聖壇前方。

走到這個階段，腦袋反而很冷靜。

隨著我們一步又一步前進，觀眾們的聲音也越來越小。

難以想像熱鬧的王都會有如此寂靜的一刻，我們在萬籟俱寂中站到了聖壇前方。

「吉恩．蓋斯特。」

被烏瓦爾特陛下叫到的我向前踏出半步。

「你是否願意娶蕾琪．阿里亞斯、優莉．菲莉希亞、琉希卡．艾爾．莉絲蒂亞為妻？是否願意發誓無論健康或疾病，悲傷或喜悅，都與她們攜手度過，發誓愛護她們、尊重她們、深愛她們？」

一旦閉上雙眼，至今為止無數的回憶便一一湧現。

與她們的相遇、阻擋我們的困難、跨越難關後互相拉近的距離。

對自身弱小的苦惱、被逐出勇者小隊所面臨的命運轉捩點。

我知曉了她們的心意，同時也察覺沉眠於我心底，那份對她們的感情。

我想要以丈夫的身分陪伴在她們身邊，一點一滴地持續累積回憶。

「——是，我願意。」

我堅定地立下誓言。

「蕾琪・阿里亞斯、優莉・菲莉希亞、琉希卡・艾爾・莉絲蒂亞。」

三人同樣踏出半步，站到我身旁。

「妳是否願意嫁給吉恩・蓋斯特？是否願意發誓無論健康或疾病，悲傷或喜悅，都與他攜手度過，發誓愛護他、尊重他、深愛他？」

「「「是，我願意。」」」

聽聞她們的回應，烏瓦爾特陛下露出一抹微笑。

「那麼就來交換戒指吧。」

當國王如此宣言，一名守衛隨即端起鐵製的盒子，放置到聖壇上。

烏瓦爾特陛下打開盒子，從中取出一只戒指，並高高舉起展示給國民看。

「這就是梅歐恩王國代代相傳的國寶，唯有具備『勇者』加護之人才得以配戴，傳說中的戒指！」

烏瓦爾特陛下手中的戒指具有使人心醉的魅力，即使從遠處眺望也是如此絕美。

波浪造型的戒指上，鑲嵌著六顆小小的寶石。

象徵著六大種族。

這些寶石分別在各種族居住的區域才採掘得到。鑲上這些寶石，便意味著所有種族都將

祝福這段婚姻。

「勇者」就是擁有如此價值。

「猶如初代勇者，不分種族、孕育了各式各樣的愛情一般，這只戒指會將他們的愛化作永恆！」

……烏瓦爾特陛下還真擅於營造氣氛啊。

聽到國王的演說，眾人無不為之興奮。

今日最為熱烈的祝福從我們身後傾瀉而至。

「那麼吉恩．蓋斯特，拿起戒指，面向將成為你妻子的女士們吧。」

我們緩緩地面對彼此。

……大家真的都好漂亮。戒指的確很精美，但她們的美更是奪去了我的目光。

關於交換戒指的順序，我們已經決定好了。

流程依序是蕾琪、優莉、琉希卡。我會按照順序，為她們戴上戒指。

原本以為她們會如同往常一樣吵起來，我卻清楚記得問了她們理由以後，反而讓自己害羞得不得了。

『很簡單啊，那是先喜歡上吉恩的順序嘛。』

她們說畢竟這是一生一次的大舞台，為了不造成事後的紛爭，大家一起討論後，決定了彼此都能接受的方法。

……同時這個方法也被採納於待會的誓約之吻。

……不行不行。接吻的事先放一邊，現在要專心於眼前的戒指交換！

盒子中橫列著四只婚戒。

我伸出手，打算從位於尾端的戒指開始拿起——這個瞬間……

「趕上啦～！」

伴隨著尖銳的聲音傳出，某個物體飛了過來，轉眼間使聖壇裂成兩半。

我們斷定此刻為異常狀況，立刻採取行動。

「『轉移：烏瓦爾特·梅·歐恩』！」

「『冰劍召喚』！」

「『聖劍』！」

琉希卡以轉移魔法保障了烏瓦爾特陛下的安危後，我與蕾琪同時召喚出武器，朝那蠢動的黑影揮下刀刃。

但在攻擊打中對方之前，黑影便移動到我們的背後。

「哎呀真是的，野蠻的女人可是會被討厭的唷。」

少女一邊抱怨，一邊捲了捲自己的髮尾。

她的額頭上長著兩支角，一眼就能明白她不是人類。

「魔族？為什麼會在這種地方！」

「很簡單呀，我只是一直躲在這裡而已。」

「啥？」

著實是出乎預料的回答。

話說回來，除了角之外，她的身體與人類毫無二致。

「魔王軍的幹部全被打倒了，這傢伙我沒看過。可是……」

蕾琪握住「聖劍」的手加大了力道。

「這女人很強……！」

「當然，畢竟希娜是那位偉大魔王的女兒呀！」

率先對她的發言產生反應的，是聚集在此地的國民們。

「魔、魔王的女兒？所以是來報仇的嗎！」

「完、完蛋了！要被殺了！」

「快點、快點逃啊啊！」

為了釐清現況，觀眾們一瞬間陷入寂靜。而下一秒便哀鴻遍野。

「各位！請冷靜！不要慌，不要跑！請遵照我們的指揮！」

守衛們為了保護國民而指揮眾人前往避難，然而礙於人數眾多，難以有效領導民眾。

狀況相當危急。不過此時占據我腦海的，是她剛才說出的話。

感覺好像在哪裡聽過——啊！

「妳該不會……是那時候的希娜小姐？」

「「「咦？」」」

聽見我的話，三人的視線刺了過來。

嗯，抱歉，我等等會好好說明的，請不要用那麼恐怖的眼神看我！拜託啦！

「吉恩大人！原來您還記得希娜嗎！」

「「「……你劈腿了？」」」

「才沒有！我只是偶然在路上碰到她，而她剛好迷路了，所以幫了她一下罷了。」

「……她可是魔族耶？」

「不！她那時戴著斗篷的帽子，根本看不到角啊！」

「吉恩大人說得對。醜惡的母狐狸們居然不相信自己的結婚對象……果然一如希娜的預料，妳們的愛真是虛偽！」

糟糕了，糟糕了，這個女生太糟糕啦！

這傢伙為什麼從剛才就一直踩蕾琪她們的地雷，而且還踩得那麼準？

難道妳感覺不到她們的殺意膨脹起來了嗎？還是妳絲毫不覺得她們算是威脅啊？拜妳之賜，我都不敢看這群同伴的臉了。

「……喂，妳這傢伙。」

蕾琪舉起「聖劍」指向希娜，聲音充滿怒火。我從沒聽過她這樣說話。

「妳是出於什麼目的來搞砸我們的婚禮的？」

「為了帶走吉恩大人呀。」

「妳說什麼……？」

「基於某些緣由，希娜非常想得到吉恩大人。請安心吧，希娜會負責讓吉恩大人幸福的。」

「這樣啊，我懂了。」

「總算理解了嗎！那麼事不遲疑——」

「——我跟妳勢不兩立。」

「——！」

蕾琪剎那間縮短距離揮舞「聖劍」，希娜卻錯開上半身迴避了攻擊。

還順勢一腳踢飛蕾琪。

「咕……」

「蕾琪！我現在就幫妳治療！」

優莉趕到蕾琪身邊，施展恢復魔法。

希娜沒有在這段期間趁勝追擊，反而一副游刃有餘的樣子。

「突然襲擊過來也太過分了吧？希娜都還在說話呢。」

「……妳叫希娜是吧？我先說結論，我們不打算把吉恩交給妳，所以妳的話也不值得一聽。懂了嗎？」

「嗯～這下就得訴諸武力了呢……希娜本來不打算大鬧一場耶……」

「不管妳怎麼威脅，我們的結論都不會改變——絕對不會把吉恩交給任何人。」

「既然都這麼說了，沒辦法嘍——動手吧，帕魯卡。」

◇◇◇◇◇

「動手吧，帕魯卡。」

希娜大小姐的聲音伴隨著兩下拍手聲傳了過來。

這是我事前與大小姐決定好的暗號。

大小姐與勇者小隊的交涉應該決裂了吧。

我原本就不期待頭腦簡單的大小姐能與人進行談判，因此在被捲入事情的當下，我就預料到會有這種發展了。

啊……給人類添麻煩的話會被魔王陛下罵的。

我的工作原本是防止希娜大小姐對人類出手……但是沒辦法。

我怎麼膽敢忤逆大小姐啊？

所以說，即使在這裡奪取人類的精氣而出現傷亡——那也不是我的問題，都是大小姐的錯。

我阻擋在打算逃往王都外側的人類們面前。

「痴女？這次換只遮住陰部的全裸痴女出現啦！」

「妳是怎樣！礙事！別擋路！」

「這個人也有尾巴！該不會是剛才魔族的同夥……」

「沒錯，你答對了。作為獎勵，就讓你沉溺在歡愉之中吧。」

「嗯，嗯哦哦哦哦～？」

被我觸碰到的男子翻了個白眼，雙頰染上紅暈，啟程前往快樂的國度。

「『精氣吸收（Drain Touch）』，你可以舒服到往生為止唷。」

最終，他連慘叫聲也逐漸枯竭，身體變得骨瘦如柴……化做骨頭與皮囊後，當場倒了下來。

「精氣吸收」——但凡魅魔族每個人都擁有這項特有能力。這招會給予施術者碰觸到的人無比歡愉，奪取其意志的控制權，並吸收其精氣。

同族之中我的能力最為頂尖，無論男女，我都能使其沉溺於無比的歡愉當中。

「呀啊啊啊啊！」

「妳真吵，要安靜一點唷。」

「呃呃呃呃……啊……啊啊～……」

「嗯～久違的人類精氣，味道真棒～」

魔王陛下因為敗給勇者而性情大變，導致我有一段時間無法享用人類，也因此現在品嚐起來更為美味了。

果然，不是人類的精氣就不對味。

況且現下眼前有如此大量的獵物。這是何等絕妙的情勢呀。獎勵就是要有這個程度，不然誰還幹得下去？

希娜大小姐的計畫如下——

勇者一行人是正義的一方，因此以國民為人質的話，應該就會把吉恩大人給交出來。

作戰單純好懂，同時對勇者一行人有效，讓人懷疑是否真是那位希娜大小姐想出的點

子。

若是比起民眾，她們選擇了吉恩，勇者一行的人望與風評便會一落千丈。屆時他們將無法像這樣隆重舉行婚禮，也不會有人給予他們祝福了吧。

與此同時，我還能吃到大量的精氣。

反過來說，要是勇者選擇了民眾，希娜大小姐也會舉雙手歡呼吧。

無論勇者一行人選擇哪方，對我們都有好處。

「接下來要選～誰～好～呢～？」

見我舔了舔嘴唇說道，人類們立刻朝向反方向逃跑。

真愚蠢啊～往那邊逃的話，就會跟朝入口避難的人碰在一起……看吧，不是撞成一團糟了嗎？

「那麼～我就開動嘍～」

直到大小姐給我停止的信號為止，就讓我好好享受一番吧。

◇◇◇◇◇

「如你們所見，只要把吉恩大人交出來，我就放走這些人。」

「妳居然……要這種卑鄙手段……！」

「卑鄙？才沒那回事。只要把吉恩大人交出來，事情不就解決了嗎？你們怎麼想都跟我沒關係哦。」

「妳……！」

蕾琪她們陷入兩難。

在我們煩惱的同時，又有一聲慘叫傳了過來。

從剛才的交手就能看出希娜的實力相當強悍。

即使我們四人一起進攻，要打倒她也會花上一點時間吧。

這段期間，犧牲者的人數將會不斷增加。

可惡……！快點想想辦法啊我！本來就幫不上忙了，要是停下思考，我不就淪落成一介凡夫了嗎！

「所以你們的決定呢？希娜可不是什麼有耐心的人呢。」

讓蕾琪獨自去對付帕魯卡……這樣不行，希娜也會跟著退到帕魯卡那裡。況且缺少前鋒的話，只靠我們也難以擋下希娜，這下死棋了。

該怎麼做……究竟該怎麼做，才能讓那個叫帕魯卡的魔族停止傷人呢？

說時遲那時快，天啟降臨了。

……有了，有個方法可以解決。

可以讓希娜露出破綻，並阻止帕魯卡……！

而這個方法只需要彼此的信任，以及我的勇氣。

這些要素早已湊齊！

「我知道了。我去妳那裡吧，希娜小姐。」

「……什麼？」

我唐突的發言讓蕾琪的目光黯淡了下來。

抱歉，蕾琪，現在就先原諒我吧。

我一定會回來，然後充分補償妳們的。

「哎呀哎呀！吉恩大人！您是說真的嗎？」

希娜的表情轉眼間亮了起來。

模樣看起來相當開心。不知道這女孩為何會如此執著於我這種小腳色……但是她的所作所為不可原諒。

我用笑容隱藏想法，步步走近希娜。

「當然是真的。所以妳可以請帕魯卡停下嗎？」

「當然沒問題！但、但是，您要真的來到我身邊才行。」

「好啊，這樣可以嗎？」

「帕魯卡～！該停下嘍～！吃飯的時間結束了～！」

我輕而易舉地縮短了距離，來到希娜身邊。

手上仍握著冰製短劍。

我也曾考慮過趁她大意時偷襲，然而憑我的本事，都能輕易想像攻擊被閃過的景象了。

她願意讓我如此接近自己，想必也是因為認為我不構成威脅吧。

所以我要對付的並不是**她**。

「不愧是吉恩大人！跟那邊的母狐狸們就是不一樣，這麼明白事理實在幫了大忙呢！」

「哈哈，謝謝誇獎。那個……希娜小姐，接下來我該做什麼才好？」

「請放心吧！希娜的計畫是要和您和樂融融地在魔王城一起生活！」

「這樣啊。妳放心吧，我會跟妳去的。可是在那之前，我可以跟大家做最後的告別嗎？畢竟我們是共度時光至今的夥伴嘛。」

「當然可以！希娜絕對不會做出讓吉恩大人討厭的行為哦。」

「謝謝……大家，願意聽我說一下嗎？」

我轉過來面對她們三位。

琉希卡的表情訴說著她的不可置信。

優莉的眼神吐露出她對我的仰賴。

蕾琪則拚命噙住即將潰堤的淚水。

她們之中，我特別往琉希卡的方向瞥了一眼。

她是這次作戰的關鍵人物，所以拜託要注意到啊……！

「其實有句話讓我聽了很高興，是妳們對我說的。在十天前的白天，還記得嗎？是琉希卡對我講的。」

這個瞬間，琉希卡似乎注意到了什麼，將手抵在下巴。

優莉好像也領悟出我的目的，假裝依偎著蕾琪，並將嘴巴湊近她耳邊。

「當時我沒辦法清楚回答。因此我現在想要告訴妳們，我的回覆。」

這就是我對她們送出的暗號。

這是過去在我們之間自然消失的選項，現在我要讓她們選擇它。為此我必須說的是：

「我相信妳們——送我一程吧，琉希卡！」

「——『轉移：吉恩．蓋斯特』！」

無重力感侵襲全身。

我的身體與意識猛然穿越了空間。

而我被送到的地點，便是大肆作亂的帕魯卡面前。

「哎呀？為什麼您會跑來這裡？」

「勇者小隊的工作始終只有一個，不是嗎？」

我將手中冰之劍的劍尖指向她。

「就是消滅怪物啊，妳這混蛋。」

◇◇◇◇◇

我用袖子使勁擦去噙在眼眶的淚水。

……好，終於振作起來了。

想到吉恩要離開自己，身體便感到一陣無力。可是現在沒問題了。

——我現在有辦法專心打倒這個女人了。

「妳們幾個腦子沒問題嗎？吉恩先生那麼脆弱，怎麼可能打贏帕魯卡？」

見吉恩從眼前消失，魔王的女兒頓時驚慌失措。

「因為妳一點都不理解吉恩，才會講出這種話。」

……是啊，這個女人完全不懂。

不懂吉恩具有多麼強大的實力。

所以她毫無戒備，沒預料到吉恩會被轉移去阻止帕魯卡。

「……什麼？」

「妳做了三件我們無法原諒的事。」

我緩緩站起身。

「第一，襲擊人們。」

我握緊「聖劍」。

「第二，搞砸了我們的婚禮。」

一口氣釋放我的心意、我的感情。

「第三，打算奪走我們的吉恩……！」

「……！」

我將心中的悲傷與憤怒，化作「聖劍」的糧食，使其劇烈成長。

「哎呀，可別忘了我們哦。」

「我們跟蕾琪可是一樣的……！」

優莉與琉希卡與我並肩而站。

如此可靠的援軍，這世上再也沒有別人了吧。

吉恩選擇拚上性命，承擔阻止帕魯卡的責任。

既然如此，我們也要回應他的覺悟……！

「納命來吧，希娜——今天就是妳生命的終點。」

◇◇◇◇◇

我與帕魯卡展開一進一退的激烈攻防。

「唔……！竄來竄去的……！」

我已經知道她的武器是「精氣吸收」了。

因為以前擊敗的魅魔也使用了相同的伎倆。

只要活用體術，留意不要接觸到她即可。

「『光球』。」

「盡是些小動作……！」

「畢竟這是我的專長啊！」

我「啪」地彈了彈手指，指尖上的光球迸裂開來，遮蔽了她的視野。

在她畏縮之際，我以冰劍上前攻擊。但帕魯卡往後一飛，大大拉開距離閃避。

「『炎之十二連彈（Flame Bullet）』！」

「『暗黑波動（Darkness Wave）』！」

正當我以為火焰彈丸即將擊中她時，卻被黑暗吞沒而消失。

跟她對峙到現在，總覺得……現在這個時間點果然還是太難嗎？

那就沒辦法了。正如同剛才所說的，相信大家所相信的我自己吧。

「怎麼啦？打不到就沒意義了吧！」

「彼此彼此！」

這場戰鬥中，我第一次主動發出攻勢。

「『斬風刃（Wind Cutter）』！」

「您到底會用多少魔法……！」

「等我擊敗妳以後，妳想討教多久都行。」

帕魯卡拍動翅膀逃往空中，藉此閃避我擊發的風刃。

我朝她擲出冰劍。但她迴旋了一圈，再一次躲避攻擊。

來吧，我已經用上各種方法提升她的焦躁感，最後就看她**會不會中計**了。

被自己所瞧不起的弱者打擾用餐，甚至無法擺平。

此時被她瞧不起的我拋下了武器。這個絕好時機，她絕對會攻過來！

「呵呵，怎麼啦？自暴自棄了嗎！」

「咕呃，『冰劍召』——」

「太遲了！」

大家確實說過，我的實力就算對上魔王軍幹部也起得了作用。

但我這幾天因為準備婚禮，根本還沒練成那些戰法。

長時間養成的戰鬥方式要馬上修改還是太困難了。

如此一來，事情很簡單。

只要瞄準她攻擊時的破綻就好。

「捉到啦！」

帕魯卡抓住我的手臂。

好，撐過去給她看吧，吉恩·蓋斯特。

給我想起那些一再忍耐下來的快樂時光。

坐在我的大腿上，感覺位置不太舒適，於是用屁股蹭來蹭去，那段與蕾琪的時光。

故意穿著略微寬鬆的衣服，早上起床時假裝衣衫不整，那段與琉希卡的時光。

無論身在何處，總是都將胸部緊貼在我身上，一點一點地磨耗我的理智，那段與優莉的時光。

以及與她們三人躺在同一張床上，所以完全睡不著的那些夜晚！

「這下就結束了！『精氣吸收』！」

「唔喔喔喔喔喔喔——！」

舒服的快感侵襲而來，幾欲讓我神智錯亂。

但那些都是假的，不過是個幻想罷了！

她們的真正的觸感……

我明明是知道的！

比我深愛的三名女性更能帶給我快樂的事物，存在於這個世界嗎？當然不存在……！

更重要的是……我不想要死到臨頭還是個童貞啊！

「……抓到妳了。」

身體的自由一度被她奪走，現在卻被我搶了回來，並且反過來抓住帕魯卡的手臂。

呼……沒想到在那些禁慾的日子裡鍛鍊出來的理智，會有派上用場的一天。

「——什！該、該不會撐過去了？您撐過了我的『精氣吸收』？」

「……真可惜啊。要是妳再認真一點，可能就是我輸了。」

這是事實。

但同時我也預料到，她應該無法全力使出「精氣吸收」。

畢竟如果我死了，不知道希娜會做出什麼事來。

從這層意味來看，帕魯卡或許也沒料想到我會投身戰場吧，我應該算是最難下手的敵人嘛。

「但贏的人是我。反省就等妳醒來以後再說吧。」

帕魯卡的臉色逐漸鐵青，我則輕輕將手按在她的腹部上。

這可是在零距離施放的魔法，絕不可能閃避，接招吧。

「——炎之！十二連彈——！」

「啊啊啊啊啊啊——！」

全彈命中了帕魯卡。她的身體冒著煙，變成一片焦黑。

但我想魔王軍幹部不會因為這點程度就死亡才對。

頂多只會失去意識而已。

所以我必須在她甦醒前，一口氣解決才行。

我吸足空氣，呼喚那個名字。

「琉希卡——！」

下個瞬間，轉移魔法獨特的飄浮感再次朝我襲來。

◇◇◇◇◇

「——什！帕魯卡被擊倒了？」

「妳露出那麼大的破綻沒問題嗎？」

「糟了……嗯咕！」

「聖劍」從側面狠狠地砍了過來。

希娜的皮膚遺傳自父王，不會因為一點攻擊就被砍傷，但還是會痛。

這裡有兩個人具備能夠運用神聖之光的加護，對希娜這些魔族來說可是劇毒啊。比起斬擊，在她們面前露出破綻更是糟糕！

「啊，女神啊，救贖吧，制裁(救贖)吧，執行(救贖)吧，施捨於其人吧——【滅魂之歌】。」

「希娜才不會……在這種地方輸掉！」

我飛向高空，閃避「聖女」施放的神聖之光。

這回換成「勇者」在下方持「聖劍」擺出架勢。

「在天微笑的女武神啊，讓眼前一切的邪惡歸回虛無吧——」

要是吃到那招，希娜也會變得跟父王一樣的！

唯有這點我不要！希娜不想變成失去自我的人偶！

既然演變成這種狀況，那就沒辦法了！

只好把帕魯卡丟在這裡，希娜自己飛走逃跑——

「『轉移：吉恩・蓋斯特、帕魯卡』。」

「嗨，希娜，有段時間沒見了。」

——突然間，希娜弱小、可愛又溫柔的王子殿下（英雄）出現在面前。

他手中提著帕魯卡，散發焦臭味且精疲力盡癱軟著。

「給妳，把這傢伙也帶走吧。」

「咦？呀！」

吉恩大人把帕魯卡拋了過來。我不假思索地接下她。

……哎呀，帕魯卡還活著呢。

「我喜歡會重視同伴的溫柔女孩唷。」

「希、希娜知道了！」

聞言，吉恩大人一臉滿足地墜落而下。

希娜朝下一看，直到這瞬間才注意到自己的行動已經晚了一步。

「——『斷罪聖劍（Excalibur）』。」

「咿呀啊啊啊啊？為什麼會變這樣呀啊啊啊啊！」

剎那間，純白的光之湍流占盡了希娜的視野。

◇◇◇◇◇

我在特等席觀賞希娜被吹飛，同時蜷曲身體，方便她將我接起來。

墜落一點都不可怕，因為我相信蕾琪一定能接住我。

「嘿咻！」

原本只有一片藍天的視野中，出現了蕾琪的臉蛋。

確認我的平安後，蕾琪呼了一口氣。

「……吉恩，歡迎回來。」

「……嗯，我回來了……唔嚕？」

「哇啊～」

我之所以會發出怪聲，是因為優莉與琉希卡從旁撲上來所致。

連蕾琪也跟著倒地。我就那樣被壓扁在下面。然而我的衣領從後方被拉了過去，接著臉頰被啪啪啪地左右來回摑巴掌。

「吉恩先生真是的！請不要突然採取那種作戰！對心臟不好啦！」

「優莉說得對！在戰鬥途中聽到吉恩慘叫的時候，我們都不曉得該怎麼辦才好了！」

「……呃！……欸！……唔！」

「妳們兩個冷靜點，吉恩都不能說話了。」

多虧蕾琪幫我調停，兩個人的攻擊這才停息。

還以為會死呢……

別看我沒事，帕魯卡的「精氣吸收」還是吸了我一點精氣走，體力已經相當瀕臨極限了。

「蕾琪願意就這樣算了嗎！不打吉恩先生幾下嗎？妳不是最傷心的那個嗎？」

「我打從一開始就識破吉恩的作戰了，那是在假哭。」

「用那種明顯的謊來矇混是行不通的！」

正如優莉所言，我非常清楚蕾琪的眼淚出自真心。

她卻不惜說謊，想必是為了袒護我吧。

我很感謝她，但是她沒有必要這麼做。

我站起身，輕輕抱住蕾琪。

「……抱歉。雖然只有一下下，我卻撒了那種慌。」

因為家人的緣故，蕾琪的心受過很深的傷。

知曉實情的我，卻做出要拋棄蕾琪般的言行，即使那是謊言，應該也傷透了蕾琪才對。

縱使是為了擺脫剛才的狀況而採取的必要行動，我也必須好好向她道歉。

「……嗯。下次再說那種話，我絕對不會原諒你。」

「我保證，那番話我不會再說第二次了。」

「……那就好。」

我緊緊抱著蕾琪。她也將臉埋入我的胸口。

看到她的樣子，優莉與琉希卡露出鬆了口氣的表情。

「喂～！吉恩！蕾琪！菲莉希亞！莉絲蒂亞！」

戰鬥的餘韻消散，氣氛變得不再緊繃之際，有人呼喚了我們。

我們往該處望去，只見烏瓦爾特陛下朝我們跑了過來。

「烏瓦爾特陛下！您平安無事吧！」

「唔嗯，多虧琉希卡即時把朕『轉移』到王都外啊。」

「讓你現在死掉就麻煩啦。比起我們，你確認過國民的傷亡了嗎？」

「守衛們在正在進行了。朕知道戰鬥才剛結束，但很抱歉，能讓你們幫個忙嗎？」

「遵命，我們立刻動身。」

「拜託了。朕再確認一件事情，就把趕赴王城的醫護兵給帶回來。」

「確認？確認什麼？」

「婚戒啊，王國傳承迄今的『勇者』之證。那可不能搞丟啊。」

……對喔。

希娜趕在我們拿起婚戒前襲擊而來，並朝放置婚戒的聖壇發動攻擊。

「……吉恩，該不會……」

「……我有不好的預感。」

「快、快點去確認吧！」

「聖壇……在那邊！」

琉希卡手指的前方是聖壇的殘骸。

我們急急忙忙跑了過去，在周圍展開搜索。

「……找不到！哪裡都沒有！」

「那、那個大木板的下面呢？」

「嗯，我搬起來看看。」

蕾琪把裂成兩片的木板雙雙移開。

只見在那下方——

「「「「啊啊啊～～！」」」」

碎裂的婚戒散亂一地。

Epilogue 終章

距離那場難以忘卻的婚禮已過七日。

我們幾個——至今仍滯留在王城裡。

「唉～明明是難得的婚禮～」

「妳要哭到什麼時候，優莉？已經是七天前的事了吧？」

「當然會哭啊！一生一次的大舞台被毀於一旦了，況且！我們又得踏上旅途了啦～！」

「……這也沒辦法不是嗎？要重鑄婚戒的話，就必須周遊各種族的國家嘛。」

前幾天，自稱魔王之女的少女襲擊了勇者的婚禮，甚至出現數名死者——這些事都已經知會各國了。

而為「勇者」代代相傳的婚戒被魔王的女兒破壞一事，也一併通知了各國。

對此，各國之王迅速下令討伐希娜，同時也欣然允諾再製結婚戒指。

不過婚戒似乎本來就必須由各國輪流打造，畢竟會使用到各族祕藏的技術。也因此，我們勢必得周遊列國了。

……綜上所述，為了取回結婚戒指，我們正著手準備踏上旅途。

「乾脆用普通的婚戒不就行了嗎！」

「那姑且也是六大種族團結的證明啊。對王國來說，和平的象徵同樣是不可或缺的吧。」

「嗚～……沒有戒指就不能重新舉辦婚禮……全都是那個叫希娜什麼的女人的錯！下次見到一定要狠狠揍她一頓……！」

「優莉看起來很有幹勁呢。」

根據蕾琪所言，希娜好像還活著的樣子。

倘若有成功淨化——以神聖之光讓魔族改邪歸正，或是使其消滅——似乎便能透過感覺得知。而就這次希娜的狀況來說，蕾琪表示沒有成功淨化的手感。

不知為何，神聖之光好像沒有發揮效果。

也就是說她被打飛以後，可能還在某處苟活著。

這也因此讓優莉燃起了熊熊的復仇之火。

「優莉的心情我當然能夠理解。哎，我也想回故鄉的家呀，好像已經蓋好了呢。」

琉希卡告訴我們，就在前幾天，她使役的狂骨龍人傳了消息過來。

聽說牠們相當有幹勁，建造出一棟雄偉氣派的房子。

「我也是呀，都已經幾十天沒有回去了。」

「哈哈哈，沒想到會演變成要再一次踏上旅程啊……」

「嗯。但我有點期待。」

「……為什麼呀，蕾琪？」

「因為這次能以家人的身分去旅行，一定會是很棒的回憶。」

她正準備著行李，看起來打從心底感到開心的樣子。

……聽到她這樣講，我們也不能一直抱怨個不停了。

原先準備行李的進度因為我們磨磨蹭蹭而毫無進展，眼下速度總算開始提升。

「……我們這次走跟之前不一樣的路線，好像也不錯吧？」

「既然如此，我最先想要去的地方是水都！那裡的寶石很漂亮呢。」

「我的話果然還是想回精靈鄉的老家吧～跟大家報告我結婚的消息，嚇他們一大跳。」

「這某種層面上也算蜜月旅行呢。」

「然後，當我們去過全部的國家……」

「「──要再辦一次結婚典禮！」」

眾人的聲音相互重疊，讓我們放聲大笑。

看來所有人想的都是同一件事。

「婚禮以那種形式結束，讓人很不甘心嘛。」

「這次就不要辦在王都，在吉恩先生的故鄉舉行好了！當然費用由王國支出！」

「那真是好點子耶，優莉。我突然期待起來了。」

「為了防止戒指被破壞，這次要在新家裡面交換戒指……！」

「……話說回來……」

「嗯？怎麼了，優莉？」

「我們幾個還沒進行誓約之吻吧？關於這點該怎麼辦好呢？」

寂靜瞬間支配了這個空間。

琉希卡滿臉通紅。蕾琪害羞地瞥開視線。優莉則露骨地摸著嘴唇誘惑我。

……不，這樣果然不行吧。

在這種一點情調都沒有的地方交換誓約之吻。

我在心裡列舉了好幾個藉口……隨即「唉～」地嘆了口氣……

「好了，烏瓦爾特陛下明天也要傳喚我們，今天早點睡吧。」

……硬生生地轉移了話題。

我、我也沒辦法啊！

突然要我親，哪擠得出勇氣啦！

正當我猶豫東猶豫西之際，蕾琪她們迅速行動，躺到平常的位置上。

「好啦，吉恩先生，快點過來吧～」

「能睡在我們中間，吉恩真是個幸福的傢伙呀。」

「吉恩，快點進被窩，不然我沒辦法睡覺。」

「……我覺得我們差不多該分床睡比較好吧？」

……儘管我如此表示，但自己其實已經習慣這種形式了。

現在我身邊要是沒有她們的體溫，甚至會靜不下來。

將燈火熄掉的我，老實地回應她們的呼喚，鑽進被窩中。

「……四個人一起睡果然有點擠耶。」

「對呀。但是能在這麼近的地方感受吉恩先生在身邊的感覺，讓我很高興就是了。」

「不覺得能依偎在一起很珍貴嗎？如果不是家人就不能這樣做呢。」

「吉恩身上很好睡，我一點都不介意。」

「哈哈，我倒是一直都動不了就是了。」

……咦？這個狀況……總覺得有點糟？

無論左右還是上方都能感受到視線。

「……我們都知道吉恩是個窩囊廢嘛。」

「畢竟這種情況每天持續，你都不對我們出手啊。」

「——所以我們討論過後決定了。」

在黑暗中，細微地響起了帶著濕度的聲音。

某個柔軟的存在輕碰了我的臉頰。

那是這世上只有我才能享受到的，幸福的觸感。

「……因此就由我們主動。您可別逃唷，老公大人。」

「期待下次是由你主動哦。」

「……一起度過幸福的婚姻生活吧，親愛的。」

Afterword 後記

早午晚安，胸弟們！（爽朗的招呼）

初次見面，我是木之芽。而對我第一句招呼有印象的讀者，或許有買過我其他部作品吧，各位好久不見。

這回非常感謝各位購買《我被踢出勇者隊伍而回到老家，但隊員們竟然全部跟了過來》。

這部原本是投稿在小說投稿網站カクヨム上，後來加寫、修改後完成的作品。因為某些機緣得到了由角川Sneaker文庫將其書籍化的機會。

已經閱讀過內容的讀者們應該知道，本作的特徵就是毫不掩飾地暴走的女主角們，以及承受（或是敷衍）她們暴走的男主角，這四位角色們的互動。

我從以前就很喜歡逗人家笑。

校外教學時為了表演搞笑才藝，我曾經跟班上的女性朋友借了制服，還請對方幫我換衣服，就那樣上台跳舞。甚至在文化祭時穿了一身綠的緊身衣，讓兩個女生用棒子打屁股，還

表演了才藝。我就是這麼喜歡站出去逗人們開懷大笑。

這可不是強調自己在學生時代經驗過的各種玩法，一切都是真的。我只是想表達自己就是這麼喜歡逗人開心，才會把這個事實穿插進回憶裡告訴各位。

請相信我。

因此，為了讓讀完這本書的各位面帶笑容地闔上書本，我盡了最大的努力描寫有趣的角色互動。

若能展現這些生動活潑的登場人物們的魅力給各位看，對我來說就是無比的喜悅了。

希望大家能在這部後宮愛情喜劇中找到自己最愛的角色。

改變一下話題。各位今年夏天是如何度過的呢？

這本書出版之際，應該已經入秋了吧（註：此指日本的出版時間），但既然機會難得，還請容我聊聊自己的夏日回憶。

今年夏天，我去了老家當地的海邊玩。

為什麼？當然是為了看可愛的女生穿泳裝的樣子而去的啊。

穠纖合度、彈力十足的大腿；羞澀地褪去連帽外套的模樣。

更重要的是，那呼之欲出的胸部啊啊啊啊！

讓人心癢難耐對吧？我就是為了這個而活的～我感受到了性……抱歉失禮了。我就是為了這個而活的～我感受到了精……不好意思，請容我修正。

我感受到了生命（註：性、精、生日文的發音同音）啊！

看過我其他作品的人應該知道吧？我就是比起三餐更愛胸部的人，是以真的相當喜歡這個——人們相對放得開的——季節。

當然得忍受炎熱才行。不過酷暑實在是無可奈何，只能放棄啦，嘎哈哈！

氣氛冷掉了呢。是不是覺得涼爽點了呢？

拉回原本的話題……沒錯，就是夏日回憶。

我去了海邊好幾次，後來在那裡被搭訕了。這還是我有生以來第一次被搭訕，讓人驚訝得不得了。

況且對方還是乳溝裡有顆性感黑痣的棕髮巨乳大姊姊。

咦？那種大姊姊會搭訕我……？我數度懷疑自己是否在作夢。

嗯，的確，這樣的懷疑很合理，一切都是夢裡的回憶。

我整個夏天的時間都在寫作中消失了，眼底所見盡是顯示著大量文字的螢幕，以及堆積在桌上的——能量飲料與營養補給飲料的——空罐堆。

真可悲啊。明年我一定要創造別的回憶。

順帶一題，學生時代的各種玩法是真的……說錯了，回憶是真的。

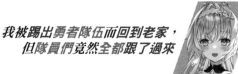

那麼，既然寂寥的夏日回憶也寫完了，頁數也沒剩幾頁了，就讓我進入謝詞環節吧。

責任編輯N大人，感謝您對我提出書籍化的邀約以及幫忙。

儘管本作的雛型有一半以上都重寫了，但多虧有您跟我共同構思故事，它變成了一部很有趣的作品。

插畫家希老師。

謝謝您畫了許多充滿可愛元素的插畫，並設計出如此能夠提升女主角魅力的服裝。

多虧了希老師，我想她們應該得到了更多更多讀者們的喜愛吧。

此外，多虧校正人員、設計、印刷廠……等多方的幫助，本作才得以送到各位讀者的手中。

最後則是讀到這裡的讀者們。

非常非常感謝大家拿起了這本書。

倘若能讓各位覺得故事有趣，本人深感榮幸。

我與本書的登場人物將一同期待能與各位讀者再次相會的一天。

那麼，請容我在此劃下句點。

木の芽

恭喜第一集
正式發售！
蕾琪妹妹
很會吃的樣子
好可愛唷……!!
2023.9.29
Nozomi

世界啊，臣服在我的烈焰之下吧 1 待續

Kadokawa Fantastic Novels

作者：すめらぎひよこ　插畫：Mika Pikazo、mocha

「你是壞人嗎？是的話就能放心燒掉了！」
最強爆焰少女來襲——把髒東西給燒毀吧！

睽違百年的魔王復活，惡人四處作亂。為導正動亂的人世，焰與同樣奇怪的女高中生們被召集到異世界，世界的命運被交至少女們手上——放火燒光才是正義！燒成灰燼教人狂喜！以壓倒性火力壓制世界的遺憾系美少女將會如何？最強爆焰少女的異世界喜劇！

NT$220/HK$73

在地鐵拯救美少女後默默離去的我，成了舉國知名的英雄。1~2 待續

Kadokawa Fantastic Novels

作者：水戸前カルヤ　插畫：ひげ猫

濫好人英雄的學園戀愛喜劇，愛情發展也很火熱的運動會篇揭開序幕！

雛海不知道自己的救命恩人正是涼，就這樣與他慢慢地加深感情。而時值眾人正在準備與他校聯合舉辦的運動會，名叫草柳的男人突然現身表示：「那天的英雄就是我。」得知草柳以恩人之姿積極接近雛海的卑劣目的後，涼為了保護她而在背地裡展開行動……

各 **NT$260/HK$87**

國家圖書館出版品預行編目(CIP)資料

我被踢出勇者隊伍而回到老家,但隊員們竟然全都跟了過來 / 木の芽作 ; 陳柏安譯. -- 初版. -- 臺北市 : 臺灣角川股份有限公司, 2024.05-

冊 ; 公分

譯自 : 勇者パーティーをクビになったので故郷に帰ったら、メンバー全員がついてきたんだが

ISBN 978-626-378-942-5(第1冊 : 平裝)

861.57 113003140

Kadokawa
Fantastic
Novels

我被踢出勇者隊伍而回到老家，但隊員們竟然全都跟了過來 1

（原著名：勇者パーティーをクビになったので故郷に帰ったら、メンバー全員がついてきたんだが）

2024年5月15日　初版第1刷發行

作　　者：木の芽
插　　畫：希
譯　　者：陳柏安

發 行 人：台灣角川股份有限公司
總　　監：呂慧君
總 編 輯：蔡佩芬
主　　編：林秀儒
編　　輯：邱瓈萱
設計指導：陳晞叡
美術設計：黃永漢
印　　務：李明修（主任）、張加恩（主任）、張凱棋

發 行 所：台灣角川股份有限公司
地　　址：104台北市中山區松江路223號3樓
電　　話：（02）2515-3000
傳　　真：（02）2515-0033
網　　址：www.kadokawa.com.tw
劃撥帳戶：台灣角川股份有限公司
劃撥帳號：19487412
法律顧問：有澤法律事務所
製　　版：巨茂科技印刷有限公司
ＩＳＢＮ：978-626-378-942-5